PROTEGGERE I FIGLI DI ALABAMA

Armi & Amori, Book 12

SUSAN STOKER

Copyright © 2020 di Susan Stoker
Titolo originale: *Protecting Kiera*
Traduzione dall'inglese di Ernesto Pavan
Design di copertina: Chris Mackey, AURA Design Group
Prodotto negli Stati Uniti

Also by Susan Stoker

Armi e Amori
Proteggere Caroline
Proteggere Alabama
Proteggere Fiona
Il Matrimonio di Caroline
Proteggere Summer
Proteggere Cheyenne
Proteggere Jessyka
Proteggere Julie
Proteggere Melody
Proteggere il Futuro
Proteggere Kiera
Proteggere i figli di Alabama
Proteggere Dakota

Delta Force Heroes
Salvare Rayne
Salvare Emily
Salvare Harley
Il Matrimonio di Emily
Salvare Kassie
Salvare Bryn
Salvare Casey

Salvare Sadie

Salvare Wendy

Salvare Mary

Salvare Macie

Salvare Annie (Feb 2022)

Forze Speciali alle Hawaii

Trovare Elodie

Trovare Lexie (10 Aug 2021)

Trovare Kenna (19 Oct 2021)

Trovare Monica

Trovare Carly

Trovare Ashlyn

Trovare Jodelle

Mercenari di Montagna

Difendere Allye

Difendere Chloe

Difendere Morgan

Difendere Harlow

Difendere Everly

Difendere Zara

Difendere Raven

Ace Security

Il riscatto di Grace

Il riscatto di Alexis
Il riscatto di Bailey
Il riscatto di Felicity
Il riscatto di Sarah

CAPITOLO UNO

BRINIQUE E DAVISA Powers erano raggomitolate sotto il fortino di coperte costruito nella camera da letto. Parlavano a bassa voce, in modo che i loro genitori non potessero sentirle.

"Non mi piace," disse Davisa senza giri di parole.

"Neanche a me, ma mamma e papà hanno detto che si comporta come ci comportavamo noi all'inizio," replicò Brinique.

Il labbro inferiore di Davisa iniziò a tremare e copiose lacrime di coccodrillo sgorgarono dai suoi grandi occhi marroni e le scesero giù lungo le guance, rigandole il viso color cioccolata. "E se decidono che preferiscono lui?"

Brinique accolse la sorella minore tra le sue braccia per calmarla. Si prendeva cura di lei da tutta la vita. Quando ancora vivevano a casa loro, Brinique la proteggeva dagli uomini che la loro vera madre portava a casa. Avevano solo tre e quattro anni, ma Brinique se lo ricordava sorprendentemente bene.

Christopher e Alabama Powers le avevano prese in affidamento e successivamente adottate. Anche se le avevano detto che non era più suo compito proteggere la sorella, Brinique non poteva semplicemente smettere. Niente nella loro nuova vita poteva farle male fisicamente, ma a livello emotivo, Davisa qualche volta soffriva ancora.

Brinique non sapeva con esattezza che lavoro facesse papà Abe, ma era qualcosa di importante. Lui e i suoi amici andavano in giro per il mondo a fermare le persone cattive. Era un SEAL...una sigla strana, era una sorta di militare. Brinique non capiva completamente cosa facesse, ma era sicura che fosse il miglior soldato di tutti. Quando la stringeva tra le braccia e le diceva quanto le volesse bene, lei si sentiva al sicuro, quindi anche tutte le persone che Abe aiutava dovevano sentirsi alla stessa maniera.

I due anni trascorsi da quando erano state adottate ufficialmente, erano stati fantastici. Lei aveva otto anni e frequentava la seconda elementare. Davisa ne aveva sette ed era in prima. Erano le più grandi delle loro classi, ma prima che fossero affidate a Christopher e Alabama non erano mai andate a scuola e nessuno aveva mai letto loro un libro.

Avevano dovuto ripetere un anno, così da potersi rimettere in pari.

Quella settimana, mamma e papà avevano detto loro che sarebbero andati a prendere un nuovo fratello. Era stata una sorpresa, ancora di più quando avevano scoperto che il nuovo fratello era più grande di loro. A Brinique piaceva essere la più grande, almeno fino a quando lei e Davisa erano le uniche bambine in casa.

Tommy era con loro da quattro giorni, non era stato semplice adattarsi alla nuova dinamica. Brinique sapeva cosa stava passando nella testa di sua sorella, ne avevano parlato la sera precedente... e lei si sentiva esattamente nella stessa maniera.

Tommy aveva dieci anni. Era stato portato via da suo padre a causa di alcuni comportamenti inappropriati da parte di quell'uomo. Il ragazzino era minuto e aveva i capelli castani scuro. Non aveva molti vestiti quando era arrivato a casa Powers, ma gli amici di Alabama se n'erano occupati in tutta fretta. Non parlava molto con gli adulti, ma quando mamma e papà non erano nei paraggi, si sfogava con Brinique e Davisa.

Diceva loro che erano brutte e stupide, e che se una di loro fosse andata nella sua stanza, l'avrebbe "presa a calci in culo."

"Perché mamma e papà l'hanno portato qui? È la

nostra casa. Non mi piace, è cattivo," disse Davisa tirando su con il naso.

Brinique fece per rispondere alla sorella, quando la coperta all'estremità del fortino si mosse e la testa di papà Abe spuntò dalla fessura. "È permesso?"

Brinique non aveva esattamente voglia di parlare con suo padre, ma annuì ugualmente. Sarebbe stato scortese dirgli di no, e papà insisteva molto sul comportarsi in modo educato in ogni circostanza. Si spostò di lato, facendogli spazio tra lei e la sorella. La coperta si richiuse dietro le spalle del padre, lasciando i tre al buio nel fortino.

Papà Abe abbracciò le bambine, aveva un buon profumo, sapeva di sapone e... di Papà. Brinique sospirò tra le braccia del padre, non era pronta ad accoccolarsi su di lui come faceva spesso, ma si sentiva bene tra le sue braccia.

"So che siete confuse, ma vorrei raccontarvi una storia," disse Christopher "Abe" Powers alle figlie.

Brinique adorava sentire le storie di suo padre, ma quel tono serio e lo sguardo nei suoi occhi erano chiari indicatori che quella storia sarebbe stata molto diversa dal solito.

"C'era una volta un ragazzino," iniziò Abe. "Viveva con suo padre, perché sua madre era morta due anni prima. Dopo la morte della madre, suo papà diventò molto triste. Così triste che smise di prestare attenzione a tutto il resto. Amava sua moglie al punto da non riuscire più a tirarsi su dal letto la mattina. Non lavava più i vestiti o i piatti sporchi e si ricordava di andare a fare la spesa solo qualche volta. Non andava più a lavorare, era semplicemente troppo triste."

"Anche il ragazzino era molto triste, ma doveva andare a scuola. Aveva provato a prendersi cura di suo padre e della casa, ma aveva solo la tua età, Brinique. Era solo un bambino. Un giorno, suo padre gli disse di fare le valigie, si stavano trasferendo. Non potevano più permettersi di vivere in quella casa. Il ragazzo era confuso e arrabbiato, non poté prendere nessuno dei suoi giocattoli, e dovette scegliere soltanto qualche vestito."

"Vissero in macchina per un po', dormendo sui sedili e mangiando degli scarti presi nei bidoni dei ristoranti. Poi riuscirono finalmente a trasferirsi in una roulotte, ma suo padre continuava a non interessarsi di nulla, eccetto bere e iniettarsi uno strano liquido che scioglieva su un cucchiaio. Il padre che il ragazzo conosceva non c'era più, era diventato un uomo cattivo, che urlava e lo sgridava in continuazione, dicendogli quanto desiderava che non esistesse."

"Venivano altri uomini cattivi a far visita alla roulotte, e il ragazzo si nascondeva nella sua stanza, affamato e con la paura che qualcuno gli potesse fare del male. Questo andazzo continuò per mesi. Poi, un giorno, dopo una brutta nottata con quelle persone malvagie, mentre il ragazzo era a scuola la maestra avvisò il preside dicendogli che il ragazzo era ferito. La polizia arrivò e prese il ragazzo, portandolo via dal padre e dalle persone cattive."

Brinique si era girata verso il padre mentre raccontava la storia. Non c'era molta luce, ma riusciva ugualmente a vedergli il viso. Sembrava incredibilmente triste. Non voleva provare pena per il ragazzo della storia, ma non poteva farne a meno. Si ricordava fin troppo bene quando le persone cattive erano venute nella *sua* di casa, e parlato con sua madre. "Suo padre era dispiaciuto che il ragazzo si era fatto male?"

"No, piccola," le disse Abe rattristito. "Non gli importava. Quando la polizia gli disse che lo avrebbero portato in prigione, sembrò non importargli niente del figlio. Firmò le carte per dare via il ragazzo, che finì nel sistema d'adozione, come te e tua sorella. Sfortunatamente, tutto quello che ha subito a causa di quelle persone cattive, lo ha reso molto triste e arrabbiato. Si è costruito un guscio per non essere ferito di nuovo. È spaventato e confuso, penso che non voglia più rischiare di aprirsi a niente e a nessuno."

"Il ragazzo è Tommy, vero?" chiese Brinique a bassa voce.

Lui fece un cenno con il capo e abbracciò amorevolmente Brinique. "Lo so che è dura per voi, ragazze. È ferito e spaventato, vi chiedo solo di dargli un po' di tempo. Comportatevi da buone sorelle, so che lo siete. Non prendete sul personale quello che vi dice, sapete che io e vostra madre vi amiamo. Siete nostre figlie, abbiamo scelto *voi* tra tutti gli altri bambini. Ricordate?"

Davisa annuì e si avvicinò al padre, adagiandosi sul suo grembo. "Sì, avete scelto noi. Non vi importava il nostro aspetto, se avevamo la pelle viola o i capelli verdi. Ci amate per quello che siamo."

"Esatto, cara. Anche se Tommy ha la pelle chiara come me e mamma, non vuol dire che lo amiamo più di voi. Potrà sembrare crudele e arrabbiato ora, ma sappiamo che c'è un fantastico ragazzo dentro di lui. Una persona protettiva e piena d'amore... dobbiamo solo dargli il tempo di tornare in sé. Vi ricordate quanto eravate spaventate, quando siete arrivate?"

Brinique e Davisa annuirono contemporaneamente, con le pupille dilatate fissavano loro padre.

"Bene. Lui si sente allo stesso modo. È spaventato e ha paura che verrà portato via anche da questa casa. Probabilmente ha paura che quelle persone cattive lo trovino, e so che gli mancano la mamma e il papà.

Dobbiamo solo dargli un po' di tempo. Se inizia ad essere troppo cattivo con voi, andate nella vostra camera o venite da me e mamma, ok? Questa è anche casa vostra, avete il diritto di sentirvi al sicuro tanto quanto lui. Non va bene comportarsi male con gli altri, sono stato molto chiaro su questo con lui, ma ho come l'impressione che farà comunque qualcosa. Vi voglio bene ragazze. Più di quanto possiate immaginare. Siete le mie principesse. Mie e di mamma. Si è fatto tardi... prima si va a dormire, prima arriva domani. Volete dormire nel fortino per stanotte?"

"Possiamo?" chiese Davisa incredula. Sapeva che al loro papà non piaceva che dormissero sotto a delle coperte instabili. Diceva che era un rischio per la sicurezza... qualsiasi cosa volesse dire.

"Certo, tesoro. Solo per stanotte," disse Abe, baciandole il capo con fare apprensivo.

Abe le aiutò a portare le coperte e i cuscini nel fortino. Poi le baciò e augurò loro la buona notte, ricevendo un caloroso abbraccio da Brinique. "Mi dispiace che delle persone cattive gli hanno fatto del male, papà," disse.

"Anche a me, piccola. Anche a me. Ti voglio bene. Sogni d'oro."

Più tardi, Brinique si girò verso la sorella. Davisa dormiva profondamente accanto a lei, ma Brinique non riusciva a chiudere occhio. Continuava a pensare a quello che aveva detto suo padre a proposito di Tommy.

Era stato ferito. Lei non sapeva *come* era stato ferito, ma doveva essere stata un'esperienza terribile. Lei e Davisa potevano contare una sull'altra, quando erano state portate a casa di mamma e papà. Era stata dura e per molto tempo non si erano fidate di loro. Ma Tommy non aveva nessuno che lo aiutasse.

Strizzò gli occhi più forte che poté ed inviò un desiderio accorato alle stelle. "Tommy ha bisogno di un amico. Ha bisogno di qualcuno con cui parlare. Qualcuno che lo protegga dalle persone cattive. Non deve per forza essere un bambino, può essere un gatto o un cane... o anche un amico immaginario. Vorrei essere sua amica, ma a lui non piaccio. Voglio che sia felice e che stia bene con mamma e papà. Con tutti *noi*. Per favore, manda qualcuno così la smette di soffrire."

Brinique si sentì meglio e riuscì finalmente a rilassarsi. Tempo prima, aveva desiderato che qualcuno proteggesse Davisa ed era arrivata la polizia. Aveva desiderato avere una mamma e un papà e Christopher e Alabama le avevano prese con loro. Aveva desiderato che quell'anno la signora Noonkaster fosse la sua maestra, e si era avverato.

Non aveva dubbi che anche *quel* desiderio si sarebbe avverato.

Brinique si addormentò con un sorriso sul volto, sicura che presto Tommy avrebbe trovato un nuovo amico.

———

Da qualche parte nel mondo, in un posto sconosciuto agli uomini, vivevano le creature che gli adulti amavano chiamare "amici immaginari." Alcuni avevano le sembianze degli animali conosciuti e amati dagli esseri umani... cani, gatti, conigli. Altri prendevano la forma di gnomi o fate. Altri ancora avevano l'aspetto di bambini normali.

Ma quella sera, dopo che il desiderio della piccola Brinique arrivò a quella remota comunità immaginaria, fu assegnata una creatura a Tommy. Era un orribile essere dalle sembianze di un troll.

Gamjee sapeva di finire sempre per ultimo quando c'erano degli incarichi d'assegnare. Il più delle volte, non se ne preoccupava, gli piaceva starsene per conto suo. Visto la sua testa deforme e il corpo peloso, spaventava i bambini più che confortarli. Veniva scelto solo quando non c'erano altri amici immaginari da mandare, o nei casi più disperati.

Quando la luce sopra il letto si illuminò, Gamjee sbuffò. Aveva appena chiuso gli occhi e odiava venire svegliato mentre faceva una lunga e piacevole pennichella. Continuando a sbuffare, si alzò e si vestì. Chiuse gli occhi e in pochi secondi si teletrasportò nella sala del trono.

"Re Matuna," disse Gamjee solennemente, chinando il capo al grande essere dalle sembianze simili a quelle di un genio delle fiabe degli esseri umani. La parte inferiore del corpo non era altro che fumo, mentre quella superiore sembrava un largo torace umano. Il viso era come quello di un uomo, ma aveva una lunga chioma di capelli che spuntava dai lati della testa e cadeva lungo la schiena.

"Gamjee!" esclamò il re. "Sei stato scelto per andare in un posto chiamato California. Il tuo incarico si chiama Tommy. Sta avendo problemi a integrarsi nella sua nuova casa ed è assolutamente necessario che ci riesca. Il futuro del paese in cui vive è nelle tue mani."

Gamjee sospirò. Non voleva avere degli incarichi importanti. Voleva essere assegnato a qualche bambino con la paura del buio, qualcuno che avesse bisogno di un amico fino a quando non l'avesse superata.

Ma... non gli veniva mai detto il futuro degli umani; se il re Matuna gli aveva rivelato che questo Tommy era destinato a grandi cose, doveva essere importante.

"Sissignore," disse Gamjee solennemente.

"Non solo la sua vita è in pericolo, ma è anche un ragazzo cattivo. Entrambi sappiamo che i ragazzi cattivi possono diventare uomini cattivi, e questo non è accettabile. Capisci?"

"Sissignore," ripeté Gamjee, ma in realtà era profondamente infastidito. Era stanco e voleva tornare alla sua pennichella.

"Vai, allora," disse il re.

Gamjee annuì e chiuse gli occhi per teletrasportarsi da Tommy. Prima avrebbe portato a termine la missione, prima sarebbe potuto tornare a dormire.

CAPITOLO DUE

"Oooh, che diavolo è *quella cosa*?" esclamò Davisa, chinandosi di fronte al cespuglio nel giardino di casa.

Brinique raggiunse la sorella inginocchiata sul terreno e scostò i rami del cespuglio. Un paio di occhi neri le osservavano senza battere ciglio.

Assomigliava a uno degli gnomi da giardino sparsi per la proprietà, eccetto che quello aveva un aspetto più strano e inquietante.

"Fatemi vedere," ordinò Tommy, spingendo da parte le bambine e facendole cadere a terra. Ignorò il fatto di averle potuto ferire, sentendosi in colpa solo per un istante, e fece capolino tra i rami.

"Cazzarola che brutto coso," disse Tommy.

"Chi hai chiamato brutto?"

Tommy rimase immobile e fissò la piccola creatura. Girò la testa di scatto verso Brinique e Davisa. "Che cosa avete detto?"

"Noi non abbiamo detto niente," protestò Davisa.

"Sì, invece. Avete detto "Chi hai chiamato brutto?""

"No è vero," si lamentò Davisa, tirandosi su e mettendo le mani sui fianchi.

"Allora chi è stato?"

"Sono stato io."

I tre bambini si voltarono di scatto verso il cespuglio. La creatura, seduta, li fissava immobile.

"Ha... hai parlato?" chiese Tommy, tremando.

"Già."

"Le statuette non possono parlare," rimbeccò Tommy.

"Beh, per fortuna non sono una statuetta, dico bene?" disse la creatura, alzandosi in piedi e uscendo dal cespuglio.

"È uno scherzo?" chiese Tommy, guardandosi intorno e aspettando che qualcuno saltasse fuori con una videocamera urlando: "Pesce d'aprile!"

"Nessuno scherzo," disse la creatura, sedendosi sull'erba. "Posso parlare. Che cos'hanno *loro*?" chiese, indicando Brinique e Davisa con un cenno della testa.

Brinique era ancora per terra, dove l'aveva spinta Tommy. Davisa era in piedi di fianco alla sorella...

entrambe fissavano la creatura basite con la bocca spalancata.

Tommy, sentendo il bisogno di mostrarsi coraggioso, sogghignò, "Sono ragazze, sono deboli."

La creatura lanciò la testa all'indietro e scoppiò in una fragorosa risata.

Sentendosi preso in giro, Tommy caricò il piede pronto a calciare quella cosa—

Il calcio si fermò a mezz'aria, proprio di fronte alla creatura, come se fosse stato afferrato da una grossa mano.

Ancora ridendo, la piccola e orrenda creatura disse: "Tirarmi un calcio sarebbe proprio da maleducati, non credi? Rido perché, innanzitutto, ho conosciuto donne fantastiche molto più forti di parecchi uomini."

"Lasciami andare!" si lamentò Tommy, saltellando su una gamba sola, mentre l'altra era bloccata a mezz'aria.

"Chiedi scusa per aver provato a darmi un calcio," ordinò la creatura.

"Scusa, scusa!" disse Tommy freneticamente.

Qualsiasi cosa fosse che tratteneva la gamba di Tommy, lo lasciò andare e lui cadde per terra di fianco a Brinique.

"Penso che sia meglio iniziare con le presentazioni, che ne dite? Io mi chiamo Gamjee," disse la creatura. "Sono un troll. Non sono qui per farvi del male, ma per aiutarvi."

Brinique fu la prima a trovare il coraggio di parlare. Si fece avanti e disse: "Io sono Brinique. Lei è mia sorella Davisa e lui è Tommy."

"Piacere di conoscervi. Avete del cibo?" chiese, leccandosi le labbra antropomorfe.

"Non mangio cibo umano da un'eternità."

"Cosa combinate, ragazzi?"

La voce arrivava da sopra le loro teste, tutti e tre si girarono con lo sguardo colpevole verso la madre alle loro spalle.

"Parliamo con Gamjee," disse Brinique con un sorriso.

"Gamjee, eh?" chiese Alabama Powers, piegandosi verso i bambini con un sorriso accondiscendente sul volto.

"Sì, è un troll," disse Davisa alla mamma, fremendo di eccitazione.

"Wow, un troll? Che aspetto ha?"

Brinique mise il broncio. "In che senso? È proprio qui, puoi vederlo da sola"

Alabama guardò di sfuggita dove la bambina stava indicando e disse: "Pensavo che magari ti piacerebbe descriverlo."

Davisa sorrise alla madre e iniziò a descriverle la creatura. "Ha una testa molto grande e un po' allungata, con una strana ammaccatura in punta. È ricoperto da una pelliccia marrone e rossiccia, ha un lungo naso a punta e due guance rosse. Ed è basso, davvero molto basso."

"Non sono così basso," borbottò Gamjee irritato.

Davisa lo ignorò e continuò a parlare. "Ha i piedi grandi e la pancia," disse, mimandola con le mani, "e ha fame!"

Alabama rise e si tirò su. "Beh, sembra che non salti alcun pasto. Non ho cibo per troll, ma forse c'è qualche scatola di tonno. Vuoi vedere se gli piace?"

"Sì!" esclamarono entrambe le bambine.

"Disgustoso il tonno!" disse Gamjee, corrugando la fronte. "Perché gli umani pensano che ci piaccia mangiare del pesce che è stato in una lattina per chissà quanto tempo? Preferisco hamburger e patatine, ma potrei provare del salmone fresco, se me lo offrono."

"Non gli piace il tonno," disse Tommy ad Alabama con fare assertivo.

"Piace, non piace. Eh... davvero?" chiese Alabama. "Cosa gli piace?"

"Hamburger e patatine."

Alabama sorrise al bambino. "Hamburger e patatine non fanno bene agli umani *e nemmeno* ai troll. Mi dispiace. Cos'altro?"

Tommy si girò verso il troll. "Dice che non ti fa bene. Vuoi qualcos'altro?"

"Pensi che sia sordo, ragazzo?" chiese Gamjee. "La sento proprio come la puoi sentire tu. Sono seduto qui davanti."

"Ma lei non può sentire *te*," disse Tommy confuso.

Gamjee alzò le spalle. "Pensa che sia il tuo amico immaginario. È molto raro che un adulto possa vedere una delle creature di Re Matuna. Succede solo in occasioni estremamente speciali."

"Re Matuna?" chiese Davisa.

"Sì. Ci sono migliaia di creature come me. Veniamo mandati in tutto il mondo per proteggere, aiutare e tenere compagnia ai bambini. Quando aiutiamo un certo numero di bambini, possiamo scegliere il nostro prossimo incarico... come aiutare il coniglio pasquale, trasferirci al Polo Nord per aiutare gli elfi di Babbo Natale, o diventare compositori onirici."

"Che cos'è un compositore onirico?" chiese Davisa.

"Qualcuno con il potere di cambiare gli incubi in sogni felici," spiegò semplicemente Gamjee.

"Come se tu potessi mai essere il sogno *felice* di qualcuno," disse Tommy sprezzante.

Gamjee fisso Tommy per alcuni istanti, poi pacatamente gli disse: "Di' a tua mamma che per il momento un bicchiere di latte andrà bene. Più tardi, può portarmi qualche hot dog e degli Oreo."

"Latte?" esclamò Tommy. "Disgustoso." Ma si girò verso Alabama e le disse: "Un bicchiere di latte va bene per adesso, dopo vuole degli hot dog e degli Oreo."

"E magari dopo può anche farmi un panino con il burro di arachidi e la marmellata," disse Gamjee. "Non mi ricordo nemmeno l'ultima volta che ne ho mangiato uno, farei di tutto per averne un morso, anche un balletto irlandese."

"Sai ballare?" gli chiese Davisa.

Gamjee si mise le mani sui fianchi e si girò verso la bambina.

"Beh? Solo perché sono basso e grasso pensi che non sia capace a ballare? Per tua informazione, ero il campione di danze irlandesi nel 1762."

Tommy non ce la faceva più. Non poteva non ridere all'idea di quella creatura trippona che ballava.

Tommy si perse lo sguardo tenero di Alabama su di lui. Non si era accorto che era la prima volta che accennava un sorriso o una risata da quando si era trasferito.

Non si era nemmeno reso conto che quel barlume di felicità mostrato ad Alabama era il segno che per la prima volta, dopo molto tempo, non era preoccupato di quello che gli poteva accadere.

"Vado a prendere il latte per il vostro amichetto e uno spuntino per voi ragazzi. Rimanete qui, torno tra poco," disse Alabama, passando una mano sul capo di Davisa.

Tutti e tre annuirono distrattamente, ancora con gli occhi fissi sul troll di fronte a loro.

"Allora... uhm... Da dove arrivi veramente?" chiese Tommy un po' imbarazzato, dopo che Alabama si era allontanata.

"Vengo da Stupidano, nel Maine," disse Gamjee, leccandosi le labbra.

"Oooh, hai detto una parolaccia!" disse Davisa al troll, inarcando le sopracciglia dallo stupore.

"Oh... ehm... sì, scusa," disse Gamjee rammaricato.

"Maine? Ma è dall'altra parte del paese," disse Tommy alla creatura. "Non è possibile che sei arrivato da là, è troppo lontano."

"Beh, non sono venuto a piedi, sciocchino," disse Gamjee.

"E come allora?" chiese Tommy confuso.

"Mi sono teletrasportato," disse il troll.

"Non capisco."

"È magia. Sono venuto qui con la magia. Nello stesso modo in cui riesco a non farmi vedere o sentire dagli adulti ma solo da voi. Vi ho già detto che il Re Matuna è il capo della nostra città. Lui sente tutte le preghiere e i desideri dei bambini di tutto il mondo, e decide se uno di noi deve essere mandato ad aiutare. Di solito non vengo scelto io. L'ultima volta che ho lasciato Stupidano era il millenovecentoquarantadue... no... quarantaquattro," disse Gamjee frettolosamente, senza badare al fatto che stava rovesciando una marea d'informazioni sui bambini.

Tommy, Davisa e Brinique rimasero a osservare il troll confusi, senza dire una parola.

"Siete sciocchi? Perché nessuno di voi dice niente?" chiese Gamjee. "Mi fissate come se vi avessi lanciato un incantesimo."

"Cosa vuol dire sciocchi?" bisbigliò Davisa a Brinique.

"Vuol dire pazzi," disse Gamjee alla ragazzina, e sospirò. "Tutto quello che dovete sapere è che sono qui adesso. Non ci sarò per sempre, ma avrete bisogno di me. Potete parlare con me, ma nessun altro può sentire o capire cosa dico. Non possono nemmeno vedermi. Se mi promettete che non proverete più a prendermi a calci," il troll fissò Tommy per un istante e continuò, "rimarrò nei paraggi per un po'. Per favore, potete chiedere a vostra mamma di portare del cibo, ho un debole per i biscotti e i dolci, intesi?"

"Sì," sospirò Brinique.

"Ottimo," disse Davisa.

"Non è mia mamma," protestò Tommy, e incrociò le braccia al petto in segno di dissenso.

"Ha importanza?" chiese Gamjee noncurante. "Voglio dire, abiti qui, lei cucina per te, ti dà un tetto sopra la testa e ti tiene al sicuro."

"Non mi tien..."

"Ecco qua." la voce di Alabama interruppe Tommy. "Un bel bicchiere di latte per il vostro amico." disse, piegandosi e mettendo il vassoio per terra di fronte al cespuglio dove si trovava Gamjee. "Ho portato anche della limonata per i miei tre bambini preferiti, in caso avessero sete."

Davisa e Brinique, con uno stridio di felicità, presero i bicchieri di plastica.

Alabama sorrise. "Va tutto bene qui, ragazzi?"

"Perché non dovrebbe?" disse Tommy, guardandola storto. "Non siamo dei lattanti, sappiamo badare a noi stessi."

"Mi preoccupo solo per voi," disse Alabama con voce calma, apparentemente non turbata dalle parole di Tommy.

"Preoccupati delle bambine, non di me. So prendermi cura di me stesso."

"Non sono una bambina," disse Brinique.

"Già, non siamo bambine," ripetè Davisa.

"Lo so che sei più grande, Tommy," disse Alabama al ragazzo, posando le braccia intorno a Davisa, "e che sei abituato a badare a te stesso. Mi sento meglio sapendo che sei qui con le ragazze e che dai una mano a tenerle d'occhio."

"Mamma, lui non ci tiene d'occhio," protestò Brinique. "Ci ignora e ci tira le pietre."

"Cosa ti ho detto a proposito di fare la spia, tesoro?" chiese Alabama alla figlia maggiore senza alterare il tono di voce. "Non è una cosa carina da fare. Forse ti starà tirando le pietre, ma ho visto che anche tu gliene tiravi una. Solo perché ha fatto qualcosa di sbagliato, non sei autorizzata a farlo anche tu."

"Ah, beccata, ragazzina," disse Gamjee, alzando la testa dal bicchiere di latte che stava ingurgitando senza lasciarsi scappare nemmeno una goccia.

"Zitto, Gamjee," replicò Brinique arrabbiata.

"Allora, come vi è venuto in mente un nome come Gamjee?" chiese Alabama, cercando di evitare un bisticcio. Grazie alla magia del troll, non poteva vedere la creatura prendere il bicchiere di latte e svuotarlo.

"Ce l'ha detto lui," disse Davisa.

"Beh, è un bel nome," disse Alabama, sorridendo e alzandosi in piedi. "Altri dieci minuti e poi è ora di tornare in casa. La merenda è pronta, poi si fanno i compiti."

I bambini e il troll guardarono Alabama tornare dentro casa.

I ragazzi non l'avevano notato, ma Gamjee era perfettamente consapevole che la donna si era seduta al tavolo vicino alla grande finestra e stava tenendo sotto controllo il giardino. Non leggeva il libro aperto di fronte a lei, ma teneva gli occhi fissi sui bambini fuori che giocavano. Voleva assicurarsi che fossero al sicuro.

"Allora, qual è il problema, Tommy? A me sembra una brava persona. Credimi, ho conosciuto diverse persone non altrettanto brave, in questi 5073 anni," disse Gamjee, riallacciandosi alla conversazione interrotta dall'arrivo di Alabama.

"Mia mamma è morta."

"Mi dispiace," disse Gamjee, mettendogli una mano sulla schiena. La pancia gonfia del troll spuntava di fronte a Tommy. "Non ho mai avuto una madre, quindi non posso capire cosa stai passando, ma ho avuto un ottimo amico a Stupidano, per duemila anni. Era molto popolare e Re Matuna lo mandava sempre in missione. Dopo aver aiutato abbastanza bambini è stato congedato, non lo vedo da almeno mille anni. Era uno dei pochi amici che avevo, mi manca molto. L'ultima bambina che aveva aiutato aveva perso la famiglia, dopo che una montagna di neve era caduta sulla sua casa uccidendo tutti tranne lei."

Tommy non rispose. Per la prima volta sembrava non saper cosa dire.

Brinique si sedette a gambe incrociate tra i due, a bassa voce disse: "La mia prima mamma non era brava. Picchiava me e Davisa e ci chiudeva nella nostra stanza."

"E non le importava quando gli uomini cattivi venivano nella nostra camera," aggiunge Davisa, sedendosi vicino alla sorella.

Tommy scrollò la testa e fermò lo sguardo sulle due bambine. "Degli uomini cattivi venivano nella vostra stanza? Vi toccavano?"

"Una volta sola," disse Brinique sottovoce. "Mi ha messo una mano sotto la maglietta e mi ha detto che ero carina. Ma non ha fatto nient'altro." Non si era accorta che Gamjee le si era avvicinato, posandole una mano sulla spalla per confortarla.

"Io non me lo ricordo," disse Davisa, "Ma Bri mi ha detto che un uomo mi ha preso per il braccio e mi tenuta ferma mentre cercava di togliermi la maglietta." Gamjee andò da lei, e le passò una mano tra i capelli che le cadevano lunghi sulla schiena.

"Poi cosa è successo?" bisbigliò Tommy, inclinandosi istintivamente verso le sorelle.

Brinique strinse le spalle. "Nostra mamma ci ha gridato di allontanarci dai suoi amici. Ci siamo nascoste in camera nostra fino a quando non sono andati via. Poco tempo dopo è venuta la polizia, ci ha portate via e siamo venute a vivere con la nostra nuova mamma e papà Abe."

"Come fate a sapere con non vi faranno le stesse cose?" chiese Tommy gravemente.

"Papà è un SEAL," disse semplicemente Brinique.

"Un sal...datore? Fantastico!" disse Gamjee. "Non ne incontro uno da anni."

"No, stupido, non un saldatore," lo corresse Tommy. "Un SEAL della marina. Ma questo non significa che non vi possa fare del male," insistette Tommy. "Qualsiasi uomo o donna può fare del male. Magari è buono adesso, ma cambierà."

"Mamma era come noi," disse Davisa solennemente, scuotendo la testa. "Una volta ci ha detto che anche *sua* mamma la chiudeva nell'armadio. Non le era permesso di parlare e non le davano quasi nulla da mangiare."

Brinique continuò la storia della sorella: "Ma non è stata adottata da una brava mamma. Veniva picchiata e messa a digiuno. Sua madre ha continuato a trattarla male fino a quando è diventata grande. Quando si è sposata con papà Abe, voleva aiutare altri bambini con mamme e papà cattivi."

Tutti erano in silenzio ad assorbire le parole di Brinique.

"Non vi manca vostra mamma? La vostra *vera*

mamma?" chiese Tommy sussurrando appena. Le due sorelle non l'avevano mai sentito usare quel tono prima di allora.

"No," rispose immediatamente Brinique.

"Nha. E a te?" chiese Davisa.

Tommy annuì. "Sì, qualche volta. E mi manca com'era mio padre quando lei era in vita."

"A me manca Erasto," disse Gamjee, seduto vicino a Brinique. "Si chiamava così il mio amico. Non gli importava che avevo il corpo ricoperto di pelo, o che avevo il naso e le orecchia a punta. Giocava sempre con me e condivideva il cibo e i regali che riceveva dopo aver completato un lavoro."

Per alcuni istanti, il gruppo rimase in silenzio, fino a quando Alabama li chiamò dall'ingresso, interrompendo quel momento solenne. "Forza ragazzi, è ora di tornare dentro."

Tommy e le ragazze si alzarono in piedi. Lui si girò verso Alabama, cercando di fare la faccia più triste e patetica possibile... facendosi anche scendere una lacrima mentre la pregava. "Gamjee può venire in camera con me?"

Sapeva che Alabama stava riflettendo su cosa dire. Ripensando a quello che Brinique e Davisa gli avevano raccontato, al fatto che anche lei aveva avuto una mamma cattiva, fece qualcosa che non faceva da anni.

Chiese cortesemente. "Per favore?"

"Va bene," Alabama cedette con voce sommessa. "Ma sono sicura che il tuo piccolo amico avrà nostalgia di casa, a un certo punto, e vorrà andare via. Dovrai lasciarlo andare senza nemmeno una lamentela, va bene?"

Tutti e tre i bambini annuirono obbedienti.

"Non si è perso. Viene da Stupidano, nel Maine," disse Davisa mentre camminavano verso la porta.

"Davisa Powers! Niente parolacce!" la rimproverò Alabama, senza essere troppo severa.

"Non è colpa mia, è da dove ci ha detto di venire!" protestò la bambina.

"Non mi interessa. Non usiamo quel linguaggio in questa casa. Chiedi scusa."

"Scusa, mamma."

Tommy si irrigidì, aspettandosi che la lavata di capo continuasse, invece con sua sorpresa Alabama si limitò a baciare la fronte della bambina. "Grazie, tesoro. Sei perdonata. Ora, ragazzi, andate tutti a lavarvi le mani prima di mangiare la merenda."

Fin dal momento in cui Tommy aveva scoperto che il padre aveva accettato dei soldi per far andare quegli uomini in camera sua, una matassa viscida si era radicata dentro di lui. Per la prima volta, alle parole di Alabama, la sentì restringersi.

Alabama aveva perdonato Davisa per aver fatto

qualcosa che non doveva fare, come se davvero non fosse più un problema per lei. Erano bastate solo delle scuse per farla tornare la donna affabile che si era dimostrata fin da quando era arrivato.

Tommy aveva imparato a convivere con l'orribile sensazione di sentire quella matassa scura dentro di sé, al punto da dimenticare cosa si provasse a vivere senza.

Seguì Brinique e Davisa in casa per lavarsi le mani, rifiutandosi di pensare alla faccenda.

Gamjee fissava la donna in piedi nell'ingresso, mentre i bambini erano nell'altra stanza. La donna tirò fuori il telefono, premette un tasto e se lo portò all'orecchio. Gamjee l'ascoltava, per nulla imbarazzato a spiare la donna.

"Ciao tesoro. No, va tutto bene. Ti volevo dire che i bambini hanno trovato un amico immaginario nei cespugli del giardino... Sì, a quanto pare è un troll, si chiama Gamjee... Non lo so, ma per il momento non mi sembra un problema. Credo che sia stato Tommy ad iniziare, forse per scherzo, ma Brinique e Davisa l'hanno subito seguito. Non oso immaginare le loro facce quando Tommy dirà che il loro piccolo amico se ne è andato..."

Alabama continuò a parlare con il marito. Dal tono di voce si intuiva facilmente l'amore e il rispetto che provava per il suo uomo. Gamjee sapeva che lei non poteva sentirlo, ma disse ugualmente: "Non ti preoccupare, Alabama... quando sarà il momento, i tuoi figli saranno pronti a lasciarmi andare. Ci penso io."

Gamjee non era veramente sicuro di avere la situazione *sotto controllo*, ma Re Matuna non lo sceglieva per una missione da più di settant'anni, quindi non voleva deluderlo. In più, ogni missione portata a termine, voleva dire essere un po' più vicino a rivedere il suo amico, Erasto. Lui aveva completato così tante missioni, che gli era stato concesso di congedarsi e scegliere il suo nuovo incarico. In quel momento era il braccio destro di Babbo Natale e se ne godeva ogni istante... se le voci che aveva sentito erano vere.

CAPITOLO TRE

"Svegliati, Tommy," disse Gamjee, dando un leggero bacio sulla guancia del ragazzo.

Tommy continuava a piagnucolare e agitarsi nel sonno.

Gamjee scosse la spalla del ragazzino, cercando di svegliarlo gradualmente, evitando di spaventarlo.

"Uah? Dove sono?" chiese Tommy ancora intontito.

"Sei al sicuro, a casa di Alabama e Abe," gli disse Gamjee. "Ricordi?"

Tommy brontolò e si girò dall'altra parte, accovacciandosi in posizione fetale senza dire una parola.

"Cosa stavi sognando?" gli chiese il troll. "Una volta, Erasto ha avuto un sogno incredibile. Ma ovviamente, quando una delle creature di Re Matuna fa un brutto sogno succedono delle cose pazzesche."

Tommy spalancò gli occhi e gli chiese: "Tipo cosa?"

"Vediamo... una volta tutte le lampadine di casa mia sono esplose nello stesso momento," disse Gamjee senza scomporsi. "Un'altra volta, Shengis si è svegliato nella sua forma da lupo e la sua pelliccia era verde invece che nera."

Tommy si mise seduto, strofinandosi gli occhi come a darsi una svegliata. "È successo davvero?"

"Certo," rispose Gamjee.

"Non esistono i lupi mannari."

"Come non esistono i troll?" gli chiese Gamjee alzando gli occhi al cielo. "Senti, ragazzo. Solo perché non hai visto qualcosa o non l'hai provata, non vuol dire che non esista o che non possa succedere."

Tommy, ancora scosso dal sogno che aveva appena avuto, chiese: "Puoi raccontarmi qualcos'altro sul tuo mondo?"

"Intendi Stupidano, nel Maine? È anche il tuo, di mondo. È negli Stati Uniti, proprio come la California," disse Gamjee, guardandosi le lunghe dita come se non avesse un solo problema nella vita.

"Non puoi dire quella parola," gli disse Tommy.

"Oh, giusto, scusa. Comunque, vediamo... sai già che Re Matuna è il capo. Beh, tutti gli animali nel nostro mondo hanno delle abilità speciali."

"Tipo che possono parlare?"

"Certo che possono parlare," disse Gamjee frettolosamente, gesticolando con le mani. "Ma non è quello che intendo. Per esempio, Halasuwa ha il potere di leggere la mente dei bambini che è mandata ad aiutare. Ekon può volare."

"Wow," disse Tommy, i suoi occhi si erano fatti grandi come scodelle. "Quindi tu sei un troll, ci sono lupi mannari e dei cosi volanti... che altro?"

Gamjee si sdraiò sul letto, con il gomito esortò Tommy a sdraiarsi di fianco a lui. "Allora, ti ho già parlato di Roger il coniglio?"

"Quello del film?" chiese Tommy incredulo.

"Che film?" chiese Gamjee confuso. "C'è un film con Roger?"

"È un cartone animato," chiarì Tommy.

"Allora no. Il Roger di cui parlo è reale, come me e te. È più di uno e ottanta ed è una delle creature preferite di Re Matuna. Non solo sa parlare, ma può anche correre più veloce di qualsiasi macchina *ed* è a prova di proiettile," disse Gamjee.

"Sembra un tipo fantastico," sibilò Tommy. "Perché non è venuto lui ad aiutarmi?"

Gamjee si accigliò. Sapeva bene di non essere la creatura immaginaria che sognavano i bambini, ma proprio non riusciva a trattenersi. "Perché è così" disse, più scocciato di quanto volesse apparire. Poi, cercando di cambiare argomento, aggiunse: "Almeno non ti hanno assegnato Petunia."

"Chi è Petunia?" chiese Tommy.

"Non chi, cosa. È una puzzola."

"Come quella in Bambi?"

"In che?" chiese Gamjee.

"Bambi, il film. La puzzola nella tua città si chiama come quella del film?"

"Certo che no. Petunia è in giro da molto prima di qualsiasi film," disse il troll con aria superiore.

Tommy rimase confuso per un istante, poi si tirò su con il gomito e continuò con le domande. "Puzza?"

"No, a meno che non faccia una puzzetta. Gliene basta una piccola per far svuotare completamente una stanza," disse Gamjee.

Tommy si mise a sogghignare, proprio come voleva il troll. Non c'era niente di più divertente per un bambino delle scoregge. "Vorrei vivere nel tuo mondo," disse Tommy stancamente, dopo che era tornato a distendersi sul letto. "Dove non c'è nessun uomo cattivo a farti del male."

Gamjee sapeva che in realtà c'erano un sacco di cose spaventose nel suo mondo, come l'interrogatorio a cui si dovevano sottoporre al ritorno da ogni missione. Ma le cose che gli umani si facevano a vicenda e facevano ai bambini mettevano i brividi. Si guardò bene dal raccontare *quelle* storie a Tommy, il ragazzo ne aveva già passate abbastanza.

"Mi sembra che tu sia in un posto sicuro qui, Tommy. Alabama e Abe sembrano due brave persone," disse Gamjee a bassa voce.

"Non mi terranno con loro."

"Perché no?" chiese il troll.

Tommy alzò le spalle. "Nessun altro mi ha tenuto. Nessuno vuole un bambino già grande come me. Qualcuno... che è stato ferito. Vogliono bambini più piccoli."

"Brinique e Davisa non erano piccole quando sono arrivate," disse Gamjee, scuotendo la testa e agitando le piccole orecchie a punta."

"Ma erano più piccole di me," insistette Tommy.

"Hai avuto una vita del cavolo, finora," disse Gamjee con decisione, "e per me ti meriti qualcosa di meglio. Inoltre, fonti sicure mi hanno detto che Alabama e Abe vogliono tenerti."

"Per ora," disse Tommy scuro in viso. "Fino a quando non manderò tutto all'aria."

"Sono queste le tue intenzioni?" chiese il troll.

"No, ma succede sempre. Sono fatto così, non posso farci niente."

"Beh, di' loro che ti dispiace e ti perdoneranno. Io

mando sempre tutto all'aria e Re Matuna mi perdona tutte le volte," disse Gamjee pragmaticamente.

Tommy incominciava ad addormentarsi e la sua voce si faceva via via più strascicata. "Mi manca la mia mamma."

Gamjee non era la creatura più affettuosa di Stupidano, ma fece del suo meglio per confortare il bambino di fianco a lui.

"Anche a me manca mia mamma," disse Gamjee dolcemente.

"Non sapevo avessi una mamma," mormorò Tommy.

"Allora mi manca *avere* una mamma," insistette Gamjee.

Dopo alcuni minuti, un leggero russare provenne dal corpo di Tommy. Gamjee aveva usato i suoi poteri per aiutare il bambino a cadere in un sonno senza sogni.

Gamjee non aveva bisogno di dormire, nessuna delle creature di Re Matuna ne aveva bisogno quando si occupava di un bambino. Il troll rimase sdraiato sul letto, assicurandosi che Tommy fosse al sicuro anche mentre dormiva. Pensò ad alta voce: "Dovrò tenerlo d'occhio questo qui."

Tirargli su il morale era una cosa, ma tenerlo al sicuro da un'altra sofferenza era tutt'altro compito.

———————

"Christopher, sono preoccupata per Tommy," disse Alabama al marito la mattina seguente.

"Lo so, lo sono anche io, cara. Ma è un tipo duro e può contare su noi due e sulle bambine. Ce la farà. Ti ricordi quanto è stata dura guadagnarci la fiducia di Brinique e Davisa quando sono arrivate? Hanno passato parecchio tempo abbracciate, nascoste nella loro stanza. Pensavi che non sarebbero mai uscite e non avrebbero mai iniziato a parlare con noi. Serve tempo, tutto qui," disse Abe, prendendo la moglie tra le braccia. "Essere adottati, specialmente quando non si è più così piccoli, non è facile. Lo sappiamo bene."

"Lo so , lo so. Non posso crederci che suo *padre* abbia accettato dei soldi da quegli uomini orribili per... beh, lo sai."

Abe fece un sospirò e strizzò gli occhi. "Quanto vorrei mettere le mani su suo padre e farlo fuori. So che i ragazzi non avrebbero problemi a coprirmi le spalle. Scommetto che se mai uscirà di galera, Tex potrebbe trovarlo nel giro di qualche secondo."

"Così poi dovrò venire a fare visita a *te*, in carcere," disse Alabama stringendogli le braccia al collo. "Ci tengo troppo a te per rischiare così tanto."

"Ah, donna di poca fede. Sai che non mi beccherebbero se Wolf e gli altri mi coprissero le spalle."

Alabama sospirò e chiuse gli occhi, lasciando cadere la testa sul petto di Abe. "È solo che... vedo così tanto di me stessa in Tommy. Vorrei stringerlo e dirgli che andrà tutto bene. È ferito e non riesco a sopportarlo."

"Ce l'ha farà, è un tipo forte. Proprio come te, Alabama. Dagli del tempo."

"Se non dovesse funzionare qui con noi, ho paura che diventi un altro numero di una triste statistica. Non potrei sopportarlo, Christopher."

Abe continuava a tenerla stretta. Non disse nulla, semplicemente scosse la testa.

"Se suo padre uscirà *mai* di prigione e penserà di riavere indietro suo figlio, dovrà passare su di me," disse Alabama con voce ferma. Con le dita strattonò la maglietta di Abe, cercando di combattere la rabbia che le invadeva il corpo quando pensava al padre di Tommy vicino al bambino.

Abe si tirò indietro e mise le mani intorno al collo della moglie, accarezzandola con le dita grandi mentre con il pollice le alzava il viso costringendola a guardarlo dritto negli occhi. "Sbagliato. Non si avvicinerà mai a te. Dovrà prima passare su di *me*. E Wolf, Dude, Benny, Cookie, Mozart e probabilmente anche Tex. Potrei anche chiamare qualcuno delle Delta Force, sono sicuro che sarebbero felici di aiutare," disse Abe a sua moglie, senza far trasparire alcun dubbio.

"Ti amo, Christopher. Grazie per non pensare che sono pazza, perché voglio adottare bambini che non vuole nessuno."

"Ti amo anche io, cara. C'è qualcuno che vuole quei bambini... noi."

CAPITOLO QUATTRO

P ER CINQUE GIORNI DI FILA, Tommy dormì come un bambino. Non ricordava di aver avuto alcun incubo durante tutta la settimana. Era un miracolo. I brutti sogni erano incominciati quando era stato molestato la prima volta e non si erano fermati fino a quando il troll non aveva iniziato a dormire con lui.

Tommy aveva il presentimento che fosse opera della creatura, ma non sapeva come facesse. Certo non se ne lamentava.

La sua vita con Christopher e Alabama Powers era piuttosto... piacevole. Non aveva mai avuto fratelli o sorelle, ma incominciava ad aprirsi leggermente con Brinique e Davisa. Loro gli stavano alla larga e lui non rubava più la loro roba, un gran passo avanti rispetto all'ultima famiglia con cui era stato.

Tutto andava così bene... da renderlo nervoso. Di

solito, quando le cose iniziavano ad andare bene nella sua vita, finiva tutto in vacca poco dopo.

"Ho fame," disse Gamjee a Tommy non appena vide che si era svegliato.

"Hai sempre fame," gli disse Tommy divertito.

"Vero. Cosa pensi che ci sia per coazione?"

"Probabilmente le stesse cose che hai mangiato ieri, l'altro ieri e il giorno prima," disse Tommy con una risata al piccoletto sovrappeso.

"Continuo a sperare che ci siano i pancake col bacon," mugugnò Gamjee.

Tommy alzò gli occhi al cielo e scese dal letto.

"Oggi è venerdì, giusto?" chiese Gamjee, seguendo Tommy nell'ingresso e poi nel bagno.

"Sì."

"E questo fine settimana andiamo al mare."

Il troll non glielo stava esattamente chiedendo, più che altro glielo stava ricordando.

Tommy chiuse la porta del bagno e sobbalzò. Si *era* dimenticato del viaggio. Alabama gliene aveva parlato qualche giorno prima. Gli aveva detto che il gruppo con cui lavorava Christopher aveva affittato una casa enorme sulla spiaggia, vicino alla base navale. Erano tutti invitati; circa venti persone, uomini, donne e bambini, avrebbero passato il fine settimana insieme.

Tommy detestava l'idea, ma sapeva che non

poteva rifiutarsi. Alabama non l'avrebbe mai lasciato rimanere a casa da solo.

"Credo di sì."

"Credi?" disse Gamjee impassibile. "Lo sai cosa c'è al mare, non è vero?"

Con la bocca piena di dentifricio, Tommy gli domandò: "No, cosa?"

"Pesce e frutti di mare!"

Lui alzò gli occhi al cielo, sputò il dentifricio e si sciacquò la bocca. Pur amando parlare con quel piccolo e brutto troll, iniziava a essere un po' infastidito da tutte quelle chiacchiere sul cibo. Era pazzesco quanto poteva essere insopportabile un troll che nessun adulto poteva sentire. Gamjee riusciva sempre nell'impossibile.

La rabbia continuava a fermentare dentro il ragazzo, fino a quando traboccò e Tommy si scagliò contro il troll. "Non capisco perché ti importa se Alabama e Abe possono sentirti o vederti. Non gli interessa un fico secco di te o da dove vieni. Non è che..."

"Vengo da Stupidano, nel Maine," interruppe Gamjee.

Furioso ed esasperato per essere stato interrotto, Tommy fece per calciare il troll.

Proprio come l'ultima volta che aveva provato a colpire la creatura, la sua gamba rimase sospesa a mezz'aria. Ma Tommy ebbe anche l'impressione che una mano l'avesse afferrato e gli stesse strattonando la gamba, girandogliela con forza.

Tommy roteò il corpo nella stessa direzione, in modo da scappare alla morsa, finendo di fronte allo specchio. Era leggermente piegato e con le braccia si reggeva al mobile del bagno. Pieno di rabbia e frustrazione ansimò: "Lasciami andare!"

"Proverai di nuovo a darmi un calcio?" chiese Gamjee imperturbabile, poi incrociò le braccia e si sedette comodamente sul gabinetto.

"No!" rispose il ragazzo ferocemente.

Come pronunciò quella parola, Tommy sentì quella forza lasciare la presa sulla gamba. Si riassestò e continuò da dove si era interrotto. "A nessuno frega niente di te. Perfino il tuo caro re pensa che sei un fallito. L'hai detto tu stesso, non ti hanno assegnato un incarico per anni e anni. Sei grasso, brutto e stupido."

La scura e viscida matassa dentro il bambino tornò su fino a riempirgli la gola; si sentiva come pronto ad esplodere e a sfogarsi sul troll, facendogli il più male possibile.

Gamjee osservò il ragazzo. "È questo quello che ti è successo?"

Tommy sentì mancare i sensi. "Stai zitto."

"Non sei grasso, ne brutto. E non penso che tu sia

stupido, ma forse tutti gli altri genitori adottivi non ti hanno mai capito."

"Ho detto stai *zitto*," ordinò Tommy. Il suo viso si era fatto incandescente e una vena gli pulsava sulla tempia.

Qualcuno bussò alla porta. Tommy la spalancò, felice di chiudere la conversazione con Gamjee. "Sì?" disse.

"Non dovresti dire quelle cose," disse Brinique a suo fratello adottivo, avendolo chiaramente sentito dire al troll di stare zitto. "A mamma non piace."

"Non mi importa, stai zitta anche *te*," le disse Tommy, oltrepassandola e assicurandosi di urtarla al suo passaggio. La bambina perse l'equilibrio e colpì il muro con la spalla.

"Ahi, attento!" si lamentò Brinique, lanciandogli un'occhiataccia mentre si stringeva la spalla dolorante con la mano.

Tommy si precipitò lungo il corridoio e andò in camera sua, senza dare la minima attenzione alla sorella. Si sbatté la porta alle spalle il più forte possibile, assicurandosi che Gamjee non l'avesse seguito.

Ma appena si girò, vide il troll seduto sul letto che lo aspettava.

"Arg!" fece Tommy digrignando i denti. "Come sei entrato?"

"Magia," disse Gamjee con un sorrisetto.

Tommy cercò di ignorare il troll e si trascinò verso l'armadio. Tirò fuori un paio di jeans che odiava (glieli aveva comprati la sua ultima madre adottiva. Erano blu scuro, di una forma goffa e con delle stupide linee sulle tasche sul retro) e una maglietta che aveva da quando aveva sei anni. Era logora e troppo piccola, ma a Tommy non importava. Era qualcosa della sua "vecchia" vita. Una vita che odiava e gli mancava allo stesso tempo.

Aveva evitato di mettere i vestiti che Alabama e Abe gli avevano comprato, come a ribellarsi ai suoi nuovi genitori.

"È da anni che non mangio pesce," disse Gamjee pensieroso. "Quanto vorrei un'aragosta con il burro. Ooh, e dei gamberetti nel latte di cocco, magari anche qualche gamba di granchio."

"Cavoli!" urlò Tommy, coprendosi le orecchie con le mani. "Pensavo che fosse bello sentirti parlare, ma ora sei soltanto irritante. Vado a fare colazione. Non vedo l'ora di andare a scuola e non averti più tra i piedi!" con quelle parole, Tommy uscì dalla stanza.

Gamjee sorrise e chiuse gli occhi per contattare il suo re. Matuna era sempre in ascolto e osservava cosa accadeva, c'era sempre se una delle sue creature aveva bisogno di aiuto o di un incoraggiamento. "Non ci ho messo molto."

"Esatto. Fargli venire *voglia* di andare a scuola, fatto," concordò Re Matuna.

"Gli altri obiettivi non saranno così facili."

Matuna si fece serio. "No, non lo saranno. Ma questo fine settimana puoi portare a termine i prossimi due."

"Già." disse Gamjee, poi si interruppe per un momento e chiese: "Dovrebbe succedere la prossima settimana, giusto?"

"Giusto," rispose Re Matuna. "Lui sarà pronto."

"È sicuro?" chiese Gamjee, nervosamente. "Non è arrivato da molto, non sono sicuro abbia avuto il tempo per acclimatarsi. Se non lega con Alabama, Abe, Brinique e Davisa, non funzionerà. Non sarà pronto."

"Lo sarà" ripeté il re ostinatamente.

Gamjee non era del tutto convinto, ma annuì ugualmente.

"Ora va', non vorrai perderti la colazione," gli disse Re Matuna.

Annuendo, il troll saltò giù dal letto, chiuse gli occhi e si teletrasportò in cucina, sperando di sgraffignare qualche uovo dall'odore così invitante che Alabama stava cucinando per i bambini.

CAPITOLO CINQUE

"Non voglio farti pressioni, Tommy," disse Alabama al ragazzo che sedeva sul sedile posteriore dell'auto. Erano in un minivan diretto verso la costa. Abe guidava, Alabama era seduta di fianco a lui e gli stringeva la mano adagiata tra i due sedili. Tommy avrebbe voluto alzare gli occhi al cielo, ma il ricordo dei suoi genitori che si tenevano per mano nello stesso modo quando lui era ancora piccolo lo tratteneva da qualsiasi comportamento troppo negativo.

"Ci sarà molta gente, ma la casa è enorme. Visto che sei il bambino più grande, avrai una camera tutta per te."

"Ottimo, una casa piena di lattanti," mugugnò Tommy.

"Guardami, Tommy," ordinò Abe, tenendo un

occhio sulla strada e uno sullo specchietto retrovisore.

Se pur riluttante, Tommy alzò lo sguardo e lo fissò negli occhi. Abe non usava spesso quel tono, ma quando lo faceva, Tommy sapeva che era meglio obbedire. Non ne era esattamente spaventato...ma preferiva non farlo arrabbiare.

"Lo so che per te è tutto nuovo e diverso, è normale. È normale che ti senti spaesato, ma *non puoi* prendertela con Alabama e le tue sorelle... o con nessun altro che sarà con noi durante il week end. Alabama ti ha detto che avrai una camera tutta per te, ma *non* ti ha detto a cosa ha dovuto rinunciare. La stanza in cui starai è quella in cui dormiamo noi di solito. Alabama ci teneva che fossi comodo e a tuo agio, così noi dormiremo sul divano letto in soggiorno."

Tommy strabuzzò gli occhi incredulo. Alabama non lo stava guardando, aveva lo sguardo fisso sul paesaggio che le scorreva davanti agli occhi.

"Christopher," gli disse Alabama in un tono sommesso. "Lascia stare."

"No, tesoro. Deve saperlo," le disse Abe.

Tommy vide l'uomo strizzare la mano di Alabama e poi tornare con lo sguardo fisso sullo specchietto.

"Sì. Noi dormiremo sul divano e tu avrai una delle camere da letto matrimoniali tutta per te. Alabama voleva assicurarsi che potessi allontanarti dal trambusto, in caso volessi. Brinique e Davisa divideranno con Sara e John una delle camere con i letti a castello. Tutte le altre coppie hanno una camera da letto matrimoniale a testa e i figli dormiranno con i rispettivi genitori. Sei l'unica persona che avrà una camera tutta per sé questo week end."

La voce di Abe si fece più pacata, ma Tommy sapeva che era ancora molto serio. "Lo so che è stata dura per te ultimamente, campione. Vorrei davvero che non fosse successo, ma è successo. L'unica cosa che puoi fare è andare avanti. Per quanto desideriamo tutti cambiare il passato, non possiamo farlo. Vorrei poter cancellare quello che ti è successo, ma non posso. Alabama avrebbe voluto trovarti prima che ti spedissero in altre tre diverse case, ma non è andata così. Tutto quello che ti chiedo, mentre affronti tutta la merda che ti è capitata...."

"Christopher! Le parole!."

Abe ignorò il rimprovero di Alabama e continuò come se nulla fosse. Prima di riprendere fece un sorrisetto che non scappò all'occhio attento di Tommy.

"... è che tu rispetti Alabama e le altre donne e ragazzini che saranno con noi per il week end. Se senti il bisogno di scaricarti o ti senti confuso o non a tuo agio, vieni da me, o da qualcuno dei miei amici. Ne possiamo parlare insieme e aiutarti a capire i tuoi sentimenti, o lasciarti semplicemente un po' di spazio per te stesso. Ma il rispetto viene prima di tutto, è fondamentale sia per me che per gli altri uomini che saranno con noi. Capito?"

"Sissignore," disse Tommy istintivamente.

"Non è quello che intendevo," disse Abe. "Non c'è bisogno che mi chiami così, a meno che tu non lo voglia. Molte delle nostre amiche ne hanno passate di tutti i colori. Se vuoi sapere le loro storie, te le racconterò, da uomo a uomo, ma la fiducia deve venire prima di tutto."

Tommy non sapeva immaginare cosa avessero passato Alabama e le sue amiche. Sembravano tutte così carine e allegre; Alabama gliele aveva mostrate nelle foto in giro per la casa. Abe era stato costretto a mentirgli per farsi ascoltare.

"Siamo d'accordo, campione?"

"Ok, d'accordo." Tommy era felice di avere una camera tutta per sé, ma l'idea di Alabama e Abe costretti a dormire in soggiorno lo rendeva pensieroso. Sembrava che Abe non ne fosse entusiasta, ma per quel che sapeva, gli adulti facevano sempre quel che volevano loro.

Uno degli uomini che andavano in camera sua gli diceva che se avesse fatto cosa voleva lui senza gridare, dopo gli avrebbe preparato un panino. Era uno scambio, dare per avere. Tommy si chiedeva cosa volessero in cambio Abe e Alabama per quel gesto. Era confuso e spaesato, ma qualcosa gli diceva che Abe era serio sulla questione del rispetto.

"Comunque, come stavo dicendo, caro," continuò Alabama come se nulla fosse, girandosi verso Tommy nel sedile posteriore. "Ci saranno molte persone questo fine settimana. Volevo dirti qualcosa su di loro prima che arriviamo, ok?"

"Ok," annuì Tommy, con fare distratto.

"Tutti gli uomini hanno un soprannome. Sai che il soprannome di Christopher è Abe. Lui chiama tutti i suoi amici con il loro soprannome, ma molte delle donne usano il vero nome. So che crea un po' di confusione all'inizio, può sembrare che ci siano il doppio delle persone, ma tu puoi chiamarli come preferisci. Va bene?"

"Ok," disse Tommy. Si era chiesto nei giorni precedenti come mai Alabama chiamasse suo marito Christopher, mentre Davisa e Brinique lo chiamavano Abe, come faceva anche lui.

"Bene. Allora, c'è Wolf, o Matthew, che è sposato con Caroline. Wolf è il capitano del gruppo militare con cui lavora Christopher. Loro non hanno figli. Cookie, o Hunter, è sposato con Fiona. Anche loro non hanno figli. Mozart, o Sam, è in coppia con Summer. Loro hanno una bambina di due anni e mezzo che si chiama April. Poi c'è Dude, o Faulkner, che sta con Cheyenne. Anche loro hanno una bambina, Taylor. Poi, per finire, c'è Benny, o Kason, che sta con Jessyka. Loro hanno tre bambini, John, Sara e Callie, rispettivamente di quattro anni, tre anni e un anno e mezzo."

Alabama riprese fiato e continuò. "Non c'è problema se non ti ricordi qualche nome. Sono tanti da ricordare tutti insieme. Brinique e Davisa possono aiutarti se ne hai bisogno, ma puoi stare tranquillo che nessuno se la prenderà se non te li ricordi."

"Ancora una cosa, campione," disse Abe, attirando l'attenzione di Tommy. Quando il ragazzo spostò gli occhi su di lui, Abe gli disse: "I miei amici lasceranno correre certi comportamenti, se c'è rispetto... ma non Dude. No, non ti allarmare," lo rassicurò Abe, vedendolo innervosirsi. "Non è affatto un tipo violento. Non ti farà del male, ma è molto protettivo verso la moglie e la figlia. Cheyenne è quasi morta durante il parto. Lui non era presente e non riesce ancora a perdonarselo. Non tollererà nessuna cattiveria verso Cheyenne o Taylor, intesi?"

Tommy annuì, sentendosi stranamente sollevato per essere stato messo in guardia. Non riusciva sempre a controllare cosa diceva, ma avrebbe fatto uno sforzo con quel Dude e la sua famiglia.

Era grato che Abe lo trattasse come suo pari,

invece che da bambino. Tommy gli disse a mezza voce: "Grazie per avermelo detto."

L'espressione di Abe cambiò in un sorriso a trentadue denti. "Prego, campione. Manca ancora un'ora... vuoi guardare qualcos'altro che non sia *La sirenetta*? Immagino che sia un po' da femmina per i tuoi gusti."

"Christopher!" protestò Alabama. "Non c'è niente di male nel guardare *La sirenetta*."

"Hai ragione, non c'è niente di male, per le ragazze. Ma a un ragazzo piacciono altre cose, non è vero?"

"Sì." Tommy rimase in silenzio un attimo, poi aggiunse: "Per favore."

"Visto?"

"Lasciamo stare," sbuffò Alabama.

Abe, ancora con il sorriso stampato sul volto, guardò nello specchietto retrovisore. "Che ne dici di *Holes – Buchi nel deserto*? L'hai visto?"

Tommy scosse la testa. Negli ultimi anni non aveva avuto modo di vedere molti film con suo padre.

"Perfetto, è fantastico. Non c'è abbastanza tempo per vederlo tutto, ma dovresti riuscire a goderti l'inizio. Se vuoi, poi possiamo portare dentro il lettore DVD e finirlo stasera prima di andare a dormire. Altrimenti lo puoi sempre finire nel viaggio di ritorno. Che ne dici?"

"Va bene, grazie."

Alabama fece partire il film sul lettore DVD portatile e passò a Tommy le cuffie. Prima che Tommy le indossasse, Alabama gli disse: "Sono davvero felice che tu sia qui con noi, Tommy. Goditi il film."

Tommy capì che non lo diceva tanto per dire, lo pensava veramente. Conosceva bene la differenza. Era cresciuto con adulti che mentivano spesso in proposito, gli dicevano quello che la gente si aspettava di sentirsi dire, specialmente quando venivano tenuti d'occhio dagli assistenti sociali. Ma in macchina c'erano solo loro. Alabama non stava cercando di impressionare nessuno. Nemmeno le bambine la potevano sentire, con le cuffie alle orecchie.

Tommy deglutì sonoramente e si mise velocemente le cuffie, aggrappandosi a quelle parole e alle emozioni che avevano scatenato dentro di lui.

Alabama non lo conosceva. Non sapeva che persona orribile fosse, quanto fosse ferito e distrutto. Non avrebbe parlato così, se lo avesse saputo.

Impiegò tutte le sue forze per trattenere le lacrime che gli riempivano gli occhi. Non si sentiva così amato da tantissimo tempo. Le parole di Alabama avevano fatto breccia nella bolla che lui si era costruito per tenere il mondo a distanza.

Iniziò il film. Tommy si guardò intorno, Alabama

e Abe parlavano tra loro tenendosi ancora per mano. Brinique e Davisa erano prese dal film della Sirenetta, mentre Gamjee dormiva sul tappetino del sedile del ragazzo.

Tommy chiuse gli occhi, fingendo per un istante di avere di nuovo cinque anni. Immaginò di essere in macchina con i suoi veri genitori, tutti insieme andavano in vacanza come erano soliti fare, prima della morte della madre. Prima che il padre decidesse che teneva più all'alcol e agli amici che al figlio.

Sentì una mano intorno alla caviglia. Tommy aprì gli occhi. Era Gamjee che lo fissava dal basso.

Partì la musica del film e Tommy si girò verso lo schermo. Non voleva pensare a troll parlanti, a quello che era successo quando viveva con suo padre, smise di pensare che rischiava di essere buttato fuori da un'altra famiglia in qualunque momento.

Si perse nel film, accogliendo il torpore in cui si adagiava il suo cuore.

CAPITOLO SEI

"DAMMELA!" ordinò Tommy a Davisa allungando il palmo della mano. Erano fuori con gli altri bambini, nel cortile della casa al mare.

"No!" rispose lei immediatamente, tenendosi stretta l'ultima fetta di cocomero.

"Hai già preso due fette, io solo una. La voglio io!" gridò Tommy, avvicinandosi alla bambina.

"Mamma!" gridò Davisa, correndo verso la cucina.

Gli uomini stavano discutendo davanti alla porta di casa. Wolf aveva ricevuto una chiamata e si erano tutti alzati per discuterne lontano dalle donne e dai bambini.

Davisa arrivò sbraitando in cucina, dietro di lei Tommy la rincorreva. La bambina si nascose dietro Alabama, abbuffandosi della fetta di cocomero il più veloce possibile.

"Wow! Attenti!" esclamò Alabama, allontanando dai bambini il piatto pieno di frutta che reggeva in mano.

"Cosa diamine succede?"

"È un'egoista, non vuole dividere!" brontolò Tommy.

"Non è vero! Non la voleva nemmeno l'ultima fetta di cocomero, prima che la prendessi io!" disse Davisa.

Tommy la squadrò. "Non è vero! Sapevi che l'avrei mangiata, ma non volevi lasciarla a me."

"Uh-uh!"

"Ok, diamoci tutti una calmata. Ci sono un sacco di altre cose da mangiare, Tommy. Guarda, qui c'è un piatto pieno di frutta tra cui puoi scegliere," disse Alabama, porgendogli il largo piatto con dentro un melone, fragole, lamponi, mirtilli e ciliegie.

"Non voglio quello schifo, volevo il cocomero," disse Tommy nero di rabbia, incrociando le braccia al petto.

"Lontra-Ellen," mimò April entrando nella stanza con Summer. La piccola aveva due anni e mezzo, era in una fase in cui continuava a ripetere tutto quello che sentiva dagli altri.

"Qualcuno ha detto cocomero?" chiese Summer, tirando su la bambina e portandosela in vita.

"No, perché non ce ne più. Quella stupida di

Davisa ha preso l'ultimo pezzo," disse Tommy tra i denti.

"Tommy, non è carino parlare così di tua sorella. Ci sono un sacco di altre cose da mangiare," lo ammonì gentilmente Alabama.

"Non fare l'egoista," disse Brinique, intromettendosi nel trambusto. Era fuori a giocare, ma aveva seguito la sorella dentro casa quando le erano arrivate le voci della lite.

"Sta' zitta," disse Tommy irritato all'altra bambina. "Tu non c'entri niente."

"Tommy!" disse Alabama con voce ferma, la sua espressione si era incupita. "Quando sei arrivato, ti ho detto che non usiamo quel linguaggio in questa famiglia."

"Zitta, zitta, zitta, *zitta*!" urlò Tommy. "Odio stare qui! Odio *te* e tutti gli *altri*! È tutto così stupido! Dico cosa mi pare, quando mi pare! Zitta, zitta, zit..."

Una mano robusta gli coprì la bocca, impedendogli di continuare. Abe, nello stesso momento, si affrettò a raggiungere la moglie.

Tommy si dimenava, cercando di scappare dalla presa di Dude.

"Calmati, Tommy," disse bruscamente Dude alle spalle del ragazzo.

"Mhmm," brontolò lui da dietro la mano.

Poi Dude abbassò la mano e gli sussurrò nell'orecchio, "Ti ho detto di calmarti. Guarda cosa hanno fatto le tue parole. *Guarda*."

Tommy alzò lo sguardo verso Alabama, ignaro di cosa parlasse Dude.

Soltanto con uno sguardo, Tommy capì che c'era qualcosa che non andava in quella donna, che era sempre stata così buona con lui.

Summer era riuscita a prendere il piatto di frutta prima che cadesse per terra. Alabama era in ginocchio in mezzo alla cucina, si teneva stretta le braccia al petto come a proteggersi da qualcosa, il suo sguardo era perso nel vuoto. Abe le aveva messo le mani sulle spalle. L'aveva fatta girare verso di lui e si era abbassato, cercando lo sguardo della donna. Era pallida come un lenzuolo. Tommy poteva vedere il corpo di Alabama tremare, scosso dai brividi.

"Tesoro, guardami," le ordinò Abe. "Va tutto bene. Sei con me, al sicuro. Torna da me..."

Dude tolse lentamente la mano dalla bocca di Tommy, ma senza lasciare andare il ragazzo. Tommy cercò nuovamente di liberarsi e Dude strinse la presa su lui. Poi disse a bassa voce: "No. Tu stai qui e guardi cosa possono fare certe parole spregiudicate alle persone. Quello che le *tue* parole hanno fatto alla donna più gentile che conosco."

Alabama alzò le braccia e si portò le mani alle

orecchie e iniziò ad agitarsi tra le braccia di Abe. "No, no, no, no."

"Shhhhh, cara... sei al sicuro, lei non è qui. Apri gli occhi e guardami," disse Abe dolcemente.

"Buio. È troppo buio!"

"No, è giorno. Apri gli occhi, Alabama. Guarda il sole. Non sei nell'armadio. Sei qui con me, con le nostre figlie e i nostri amici. Sei al sicuro e lei non c'è. Fidati di me, cara."

Alabama aprì leggermente gli occhi, ma le mani erano ancora salde contro le orecchie.

"Ecco qui. Dio, quanto amo i tuoi bellissimi occhi grigi. Visto? Sono io, Christopher. Va tutto bene. Torna qui con me, adesso."

Lentamente, Alabama abbassò le mani e afferrò il bicipite del marito, stringendolo con tutta la forza che aveva in corpo. La sua espressione cambiò e confusa rilassò il viso.

"Christopher?"

"Sì, sono io. Vieni qui." Abe abbracciò sua moglie, mettendole una mano in vita e una dietro alla nuca e stringendola contro il petto, facendola dondolare tra le braccia.

"Mamma?" disse Brinique preoccupata.

"Venite qui, voi due," disse Abe, aprendo un braccio verso le bambine, mentre con l'altro teneva stretta Alabama. Davisa e Brinique corsero verso i genitori, stringendo Alabama e Abe più forte che poterono. I quattro rimasero per qualche istante così, fermi in mezzo alla cucina.

Dude uscì lentamente dalla stanza portando con sé Tommy, la famiglia Power aveva bisogno di un momento di tranquillità. Raggiunsero il soggiorno e finalmente Dude lasciò andare il ragazzo.

Tommy indietreggiò e rimase immobile a guardare gli adulti che senza dire una parola torreggiavano di fronte a lui. Le donne sembravano preoccupate e gli uomini turbati. Tommy iniziò a tremare. Non aveva idea di quello che era appena successo... ma sapeva che era colpa *sua*. "Non volevo," disse esitate a bassa voce. Poi scosse la testa e aggiunse: "Volevo solo l'ultima fetta di cocomero... non so cosa sia successo."

Fiona e Caroline si avvicinarono a lui. Tommy indietreggiò ancora, fino a quando non si ritrovò contro la parete. Era terrorizzato. Cosa gli avrebbero fatto tutti quegli adulti? Gli avrebbero fatto del male? Lo avrebbero punito? Iniziò a respirare freneticamente.

Le due donne si inginocchiarono di fronte a lui, non abbastanza vicino da poterlo raggiungere, ma alla sua stessa altezza.

"Va tutto bene, Tommy, non ti spaventare. Si sistemerà tutto," disse Caroline pacatamente.

"Qualche volta succede. Abe si prenderà cura di lei," lo confortò Fiona.

"Ma..." gli occhi del ragazzo si riempirono di lacrime che gli rigarono il viso. In tutta fretta, Tommy si strofinò gli occhi. "Non so cosa sia successo," ripeté.

"Penso che abbiamo tutti bisogno di una pausa," disse Benny. "È ora del sonnellino per i miei. Perché non andiamo tutti a riposarci un po'? Tra qualche ora iniziamo a grigliare e a preparare la cena. Va bene a tutti?"

Gli uomini annuirono e le donne chiamarono i figli e andarono verso le camere da letto.

Tutti lasciarono la stanza, tranne Tommy e Caroline. Lei rimase piegata di fronte al ragazzo. "Lo so che non capisci cosa sia successo, ma ti consiglio di andare nella tua stanza per un po'. Sono sicura che Alabama ti raggiungerà presto. Non ti preoccupare. Lei sta bene, e anche Christopher. Non sei nei guai, è tutto ok."

"Come f-fai ad esserne sicura? L'ho fatta... lo sai," disse Tommy con voce strozzata.

"Lo so. Ma tu devi capire che né Alabama né Christopher ce l'hanno con te. Tutti sbagliamo. Dovresti chiedere a Christopher dell'enorme sbaglio che ha fatto una volta con Alabama. Lei lo ha perdonato, perché ci tiene a lui, come tiene a te. Vai a riposarti, Tommy. Rilassati, sono sicura che te ne parleranno più tardi.

"Ma Abe mi farà del male?"

"Oh, caro. No. So che non sei con loro da molto, ma sei perfettamente al sicuro. Potrebbero essere delusi, ma non ti faranno del male. Ti hanno accolto a casa loro nella speranza di tenerti per sempre." Notando l'espressione sorpresa sul viso rigato di lacrime di Tommy, Caroline annuì. "Sì, per sempre. Sto dicendo la verità. Vogliono una casa piena di bambini da amare e hanno scelto te. Sono passati anni, dall'ultima volta che hanno adottato un bambino... come mai, secondo te?"

Tommy alzò le spalle.

"Perché aspettavano *te*."

"Me?"

"Sì, te. Avrebbero potuto adottare tutti i bambini che volevano, dopo Brinique e Davisa, ma hanno voluto aspettare un bambino che sentivano fosse destinato a stare con loro. Quel bambino sei tu."

"Ma... Io sono troppo grande," protestò Tommy.

"Troppo grande per cosa?"

"Per essere adottato?" gli uscì più come una domanda che come un'affermazione.

"Chi te l'ha detto? Le altre famiglie a cui sei stato affidato? Gli altri bambini a scuola, per farti un dispetto? Tommy, dammi retta: loro hanno scelto te.

Volevano adottare te. Sei loro figlio. E i genitori non fanno del male ai loro bambini, non i *bravi* genitori almeno. Christopher e Alabama sono tra i migliori genitori al mondo. Vai a riposarti. Vai a giocare in camera tua e dagli un po' di tempo, ok? Per cena sarà tutto risolto, vedrai."

Tommy annuì, anche se non sapeva se credere completamente alla donna in ginocchio di fronte a lui, ma era felice di potersi allontanare per qualche ora."

"Vai pure."

Tommy, camminando a testa bassa per non incontrare gli sguardi degli uomini in salone, attraversò l'ingresso e andò verso la camera che gli era stata assegnata. Aveva notato di sfuggita Gamjee che lo seguiva. Il troll non sembrava essere minimamente preoccupato per quello che era successo in cucina. Arrivato nella camera da letto grande, Tommy fece entrare la creatura e chiuse la porta a chiave.

"Woo-wee, giovane Tommy, tu sì che sai come uccidere l'atmosfera," strascicò Gamjee per punzecchiarlo.

"Non lo sapevo," disse Tommy sulla difensiva.

Il troll alzò le spalle. "Beh, ora lo sai."

"Cosa ho detto?"

"Zitta. L'hai detto diverse volte, in realtà. Alabama

ti ha detto che non voleva sentire quella parola, ma tu l'hai detta ugualmente."

"Ma... Non l'ho detto con cattiveria. Lo dico sempre. Lo dicono *tutti*, sono solo parole."

"Non qui, evidentemente," disse piano Gamjee.

Tommy si guardò intorno spaventato. "Devo nascondermi."

"Cosa? E perché?" chiese il troll.

"Perché Abe vorrà picchiarmi! Mi ha detto di essere rispettoso e non lo sono stato," disse Tommy, più a se stesso che per rispondere alla domanda. Andò verso la poltrona e la spinse con tutte le sue forze fino a quando si spostò. La trascinò ai piedi del letto, come a creare una barriera. Ma la poltrona non era sufficiente a proteggerlo del tutto, ma doveva bastare.

Raddrizzò la schiena e si guardò intorno. Non vedendo altri mobili da spostare, andò verso l'armadio, tirò il cassetto di mezzo fino ad estrarlo dalle guide e farlo cadere sul pavimento con un tonfo. Poi, lo trascinò al letto e lo mise contro il lato del materasso, per bloccare l'accesso allo spazio sottostante.

Andò avanti e indietro quattro o cinque volte, prendendo i cassetti dall'armadio e posizionandoli contro il letto. Quando rimase solo un piccolo spazio vuoto, Tommy prese cuscini e copriletto e li utilizzò per chiudere l'ultimo buco rimasto. Poi tirò il lenzuolo verso i piedi del letto, in modo da coprire il punto lasciato scoperto dalla poltrona.

Infine, strisciò sotto il letto e usò gli altri cuscini per coprire gli ultimi spiragli di luce, chiudendosi in quel rifugio nel buio più totale.

"Si può sapere che diavolo stai facendo?" chiese Gamjee titubante, guardando il ragazzo nel rifugio che si era costruito.

Non ci fu nessuna risposta, così il troll ripeté: "Tommy? Cosa stai facendo?"

"Mi nascondo."

"Non penso che il tuo nascondiglio funzioni molto bene. Chiunque entri nella stanza può vederti."

"Sì, ma non possono prendermi molto facilmente. Quando uno dei cassetti si muove, so che stanno venendo a prendermi," spiegò Tommy con fare pragmatico.

"Caroline ha detto che Abe non ti farà del male," gli disse Gamjee.

"Gli adulti mentono. Era arrabbiato," disse Tommy, con una nota di tristezza e paura nella voce.

"Penso che dovresti fidarti di lei, specialmente dopo quello che ti ha detto su come ti hanno scelto."

"No," replicò Tommy ostinatamente.

Gamjee scosse la testa come se non riuscisse a capire il ragazzo. Poi saltò sul letto e si sedette, le sue gambe tozze dondolavano oltre al materasso. "Se non ti dispiace me ne starò qui. Il letto è molto più comodo del pavimento."

"Come vuoi," disse Tommy, chiaramente non convinto. Il troll udì dei brevi singhiozzi provenire da sotto il letto. Non sapeva cosa fare, era da molto tempo che non aveva a che fare con bambini umani, non sapeva bene cosa dirgli per farlo sentire meglio. Se la cavava bene con la magia e a sistemare le persone cattive, ma non altrettanto con i bambini inconsolabili. Era lì per impedire quello che sarebbe successo a breve... per evitare il peggio, ma quella situazione era totalmente diversa.

Gamjee pensò che se Erasto fosse stato lì, avrebbe già trovato un modo per farlo smettere di piangere. Ma lui non era bravo come Erasto. I bambini non sentivano il bisogno di accoccolarsi con lui per sentirsi meglio.

Sospirando, Gamjee rimase seduto in silenzio, continuando a dondolare le gambe avanti e indietro, in attesa che Tommy smettesse di piangere.

CAPITOLO SETTE

Più tardi, Caroline fece capolino in camera di Tommy per avvertirlo che la cena era pronta.

"Non ho fame," le disse il ragazzo.

"Non ha importanza. Devi uscire da lì e venire a mangiare, o almeno a scusarti. Forza. Sarò di fianco a te. Andrà bene, vedrai."

Tommy fu costretto a strisciare fuori dal suo rifugio, non notando lo sguardo triste della donna mentre lui spostava i cassetti. Con le mani in tasca e la testa bassa, la seguì verso la grande sala da pranzo. La tavola era imbandita con una pila di hot dog, hamburgers e pannocchie alla griglia; c'erano patate tagliate a fette, dell'altro cocomero e un piatto pieno di brownie al cioccolato.

Alcuni bambini si rincorrevano intorno alla

tavola, mentre Dude, Cheyenne, Alabama e Abe si stavano riempiendo il piatto di cibo.

Tommy, che voleva togliersi da quella situazione il più in fretta possibile, disse d'impulso: "Mi dispiace, non volevo dire quelle cose."

Abe e Dude non avevano l'aria impressionata, ma Alabama e Cheyenne gli fecero un sorriso.

"Va tutto bene, Tommy," gli disse dolcemente Alabama. "Mi dispiace se la mia reazione ti ha spaventato. Senti, Christopher ha tagliato dell'altro cocomero," gli disse con un mezzo sorriso, indicando al piatto da portata contenente il frutto succulento.

La vista di quel cocomero faceva venire a Tommy i crampi allo stomaco, ma non per la scura matassa di viscidume quella volta. Si limitò a scuotere la testa. "Non ti preoccupare, mangio un hot dog." La cena proseguì, con chiacchiere e discussioni intorno alla tavola, ma Tommy non riusciva a farsi passare quella sensazione di sfarfallio nello stomaco. Sapeva di avere sbagliato e non aveva idea di cosa sarebbe accaduto. Era sicuro che Abe non fosse il tipo di uomo che lascia correre certe cose. Ma non lo conosceva abbastanza da sapere *cosa* gli avrebbe fatto.

Dopo aver lavato i piatti, si sistemarono tutti in soggiorno intorno al grande televisore. Qualcuno aveva fatto partire un film d'animazione e i bambini lo stavano seguendo avidamente. Le donne stavano parlando tra loro a bassa voce. Gamjee si aggirava furtivamente intorno al tavolo per recuperare il cibo che Brinique e Davisa avevano lasciato cadere "per sbaglio" per il troll.

"Forza, campione," disse Abe piano, mettendo il braccio sulle spalle del ragazzo. "Andiamo fuori con gli altri." Tommy non era *entusiasta* di andare fuori con Abe e i suoi amici, ma annuì ugualmente e si fece condurre all'esterno sulla grande veranda che dava sull'oceano.

Qualsiasi cosa doveva succedere, sarebbe successa in quel momento. Fuori in veranda, lontano dagli occhi di donne e bambini. Tommy aveva paura, ma raddrizzò la schiena e ingessato seguì Abe. Pensava che avrebbe vomitato, e se lo avesse fatto, avrebbe sputato platealmente quella matassa appiccicosa. Cercò di farsi forza e di essere coraggioso.

Sorprendentemente, Gamjee si era allontanato da Davisa e Brinique, che continuavano a dargli tutto il cibo che voleva, per seguire Tommy all'esterno.

Non solo sarebbe stato punito, pensò il ragazzo, ma il troll che aveva creduto essere speciale perché poteva parlare, sarebbe stato lì ad assistere, solamente per potergli poi ridere dietro.

Gli amici di Abe lo spaventavano un po'. Erano grossi e muscolosi, bastava uno sguardo per capire che erano più letali degli uomini cattivi che il padre portava a casa. Ma di solito quando rimaneva solo con uno di loro e iniziava ad innervosirsi, un bambino o una donna entrava nella stanza, facendo cambiare completamente espressione all'uomo. Bastava uno sguardo da loro moglie o dai bambini per addolcire quegli occhi così severi.

O almeno prima che Tommy rispondesse ad Alabama. Prima che accadesse quella cosa, qualsiasi cosa fosse. In quel momento lo avevano guardato semplicemente... arrabbiati.

Abe lo condusse verso delle sedie, entrambi presero posto. Tommy si appollaiò sul bordo della sedia. Si stringeva forte le braccia, aspettando che succedesse qualcosa.

Gli altri cinque uomini presero delle sedie e si sedettero in semicerchio davanti a loro. Rimasero tutti in silenzio per un po', abbastanza a lungo da far esplodere l'immaginazione di Tommy. Sapeva che non avrebbe mai potuto affrontare i sei uomini da solo. Una volta era riuscito a colpire uno degli uomini che il padre aveva fatto andare in camera del ragazzo, ma con *loro* sei non c'era scampo.

Tommy si guardò intorno. Non c'era alcun posto dove poteva nascondersi. Poteva provare a correre, ma aveva la sensazione che l'avrebbero preso facilmente. Anche se erano vecchi, erano in forma.

La brezza dell'oceano accarezzò il viso di Tommy,

lasciandogli addosso l'odore di sale marino. Gli sarebbe piaciuto passare la giornata in spiaggia, se non fosse stato preoccupato e spaventato a morte per la punizione che stava per ricevere.

Proprio quando Tommy sentiva che stava per perdere il controllo, Abe iniziò a parlare.

"Ho pensato che avremmo potuto raccontare a Tommy qualcosa sulle nostre mogli," disse Abe, stra-vaccato sulla sedia, come se non avesse una sola preoccupazione al mondo. "Deve imparare a cono-scerci un po' meglio. Pensa che le nostre vite siano state facili e tranquille, che noi e le nostre mogli non possiamo capire cosa ha passato lui."

Abe si girò e guardò Tommy. "Quello che ti è successo è terribile. Non fraintendermi, Tommy, non voglio minimizzare quello che ti è successo, o sminuirti in alcun modo. L'uomo che avrebbe dovuto attraversare mari e monti per proteggerti ha tradito la tua fiducia. Voglio semplicemente mostrarti che anche se la vita qualche volta fa schifo, ci si può rimettere in piedi."

Tommy si raddrizzò nervosamente sulla sedia. Non era quello che pensava avesse detto Abe. Si aspettava che lo sgridasse per aver risposto ad Alabama e che lo riportasse all'orfanotrofio non appena tornati a casa.

Non voleva parlare con *nessuno* di loro di cosa era

successo quando viveva con suo padre. Tommy era ferito e sporco, se davvero non piaceva a quegli uomini, *sicuramente* non avrebbero cambiato idea dopo aver sentito la sua storia. Non voleva nemmeno sapere quello che avevano da dirgli. In *nessun* modo quelle donne felici e briose in casa potevano aver passato quello che aveva passato *lui*.

"Ascolta, giovane Tommy," disse Gamjee vicino a lui. "Non giudicarli. La prima volta che mi hai visto, pensavi che fossi una statua da giardino e che non potessi parlare. Credo che ti stupirai a sentire quello che hanno da dirti."

"Ok," borbottò Tommy, tenendo gli occhi fissi sulle onde, lontano dal troll o dagli uomini intorno a lui.

Wolf arrivò dritto al sodo. "Caroline è stata perseguitata, rapita, seguita, picchiata, accoltellata, buttata nell'oceano e infine le hanno sparato."

Tommy strabuzzò gli occhi e guardò Wolf sciocato. "Lei cosa?"

"Sì. Ma non ha supplicato per aver salva la vita nemmeno *una volta*. Ha continuato a lottare, senza arrendersi. È la donna più forte che conosco, anche se lei non lo pensa. Ho imparato a non sottovalutarla mai."

"Fiona è stata rapita e venduta a delle persone cattive che la usavano per il sesso," disse Cookie, senza giri di parole. "L'ho salvata, ma ancora oggi ha problemi ad affrontare quello che le è successo. Si terrorizza quando vede qualcuno che assomiglia a uno dei suoi rapitori."

Tommy era senza fiato. Sentì che stava boccheggiando, ma non provò a controllarsi. Sentì la mano di Gamjee sul polpaccio. Sorprendentemente il tocco della creatura lo calmò, facendolo sentire meno solo. Mantenne lo sguardo fisso su Cookie, mordendosi le labbra gli chiese: "L'hanno toccata dove lei non voleva?"

"Sì, Tommy. Per molto tempo. Mesi. Non sapevo che l'avessero presa, ma quando l'ho trovata, sono rimasto impressionato da quanto è forte."

"Come fa a convivere con quello che le è successo?" chiese Tommy. Voleva davvero, davvero sapere la risposta. Era vitale per lui.

"Ci sono io. Ci sono i suoi amici. La amiamo e la supportiamo, sa di essere al sicuro con noi. Sa che le copriamo le spalle. Sarò sincero, è stata male a lungo. Si ricorda ancora cosa è successo, e quando ha degli incubi, l'abbraccio e la faccio sfogare. Se non ha voglia di parlare, la tengo stretta e la lascio piangere. La amo, Tommy. Farei qualsiasi cosa per quella donna. Qualsiasi cosa."

Tommy annuì, ma prima che potesse rivolgergli un'altra domanda, Mozart prese la parola.

"Ho incontrato Summer mentre lavorava a Big Bend Lake in un motel. Faceva la donna delle pulizie. Ero tornato a casa per lavoro, ma quando sono tornato su in montagna per andarla a trovare, viveva in un capanno degli attrezzi senza corrente né acqua potabile. Era affamata e aveva freddo, ma non voleva aiuto da nessuno, tanto meno da me."

"Poi cosa è successo?" chiese Tommy, spalancando gli occhi.

Mozart sorrise. "L'ho convinta ad accettare il mio aiuto." Poi l'uomo si fece di nuovo serio. "Ma qualcuno aveva ucciso mia sorella quando aveva circa la tua età. Lo stesso uomo ha rapito Summer soltanto per farmi del male. Per fortuna l'ho salvata in tempo, sta bene adesso."

"Cosa è successo a *tua* moglie?" chiese Tommy a Benny, praticamente in apnea.

L'uomo si mise a ridere. "Beh, è più che altro cosa è successo a *me*. Il suo ex fidanzato mi ha colpito alla testa e mi ha portato tra gli alberi in un parco. Poi le ha mandato una foto della mia testa sanguinante e le ha detto che se non l'avesse incontrato mi avrebbe ucciso."

"Porca vacca!" esclamò Tommy.

"Già. Lei è venuta a *salvarmi*."

"Ma... è handicappata," protestò il ragazzino. "Come ha fatto a salvarti?"

I sei uomini intorno a lui si misero a sogghignare. Benny sorrise a Tommy e disse: "Non farti sentire da *lei* quando dici che è handicappata. Sì, è nata con una gamba più corta dell'altra e zoppica, ma non permette a nessuno di dirle che non può fare qualcosa. È più capace lei di alcuni miei colleghi militari."

Tommy si girò verso Dude... l'uomo terrificante che di certo non voleva fare arrabbiare. Quella mattina lo aveva spaventato, mettendogli la mano sulla bocca, ma a ripensarci, Tommy si rese conto che quell'uomo imponente non gli aveva fatto male. Non l'aveva fatto con crudeltà e inoltre, si era limitato a tenerlo fermo. Non appena aveva visto Dude, Tommy realizzò che non c'era alcun bisogno che Abe lo avvisasse di rispettare quell'uomo e la sua famiglia. Tommy aveva percepito immediatamente l'alone di pericolosità che trasudava.

"Degli uomini cattivi hanno piazzato una bomba addosso a Cheyenne, non una ma ben due volte," tagliò corto Dude, senza giri di parole. "E non solo. Quando siamo andati a New York per una conferenza, un membro della famiglia ha deciso di provare a farla saltare in aria una terza volta."

"E tu l'hai salvata?"

"L'ho salvata," confermò Dude. "Poi è quasi morta partorendo mia figlia. Senti, lo so che la società pretende che gli uomini siano duri e forti, che non gli importi niente di nessuno se non di loro stessi, ma sarò franco con te, la prima volta che ho visto Taylor ho pianto. Ho pianto come un bambino. Era perfetta, lo so quanto ha lottato Cheyenne per metterla al mondo. Le proteggerò a costo della mia stessa vita. Le proteggerò da chiunque dica cose meschine nei loro confronti e farò qualsiasi cosa per renderle felici. Sono più grosso e più forte di loro, quindi spetta a me assicurami che siano al sicuro."

Tommy si sentì all'improvviso più grande quando quegli uomini si confidarono con lui. Lo avevano trattato come un adulto, non come un ragazzino. "E se tua moglie muore? Cosa farai?" chiese cautamente Tommy. "Non puoi esserci sempre per lei. Le potrebbe succedere qualcosa. Magari qualcuno le spara mentre è a fare compere. Non puoi stare con lei tutto il giorno, tutti i giorni."

Tommy trattenne il respiro, mentre Dude teneva gli occhi fissi su di lui. Non voleva essere cattivo o infastidirlo, ma sapeva bene che l'amore a volte non è sufficiente per tenere le persone al sicuro. Proprio come era successo al padre del ragazzo dopo la morte della madre. Non gli importava più di niente, nemmeno del suo stesso figlio.

Dude si inclinò verso Tommy, appoggiandosi con i gomiti sulle ginocchia. Lo guardò negli occhi e disse: "Hai ragione. Cose del genere succedono. Abe ci ha accennato quello che ti è successo. Non so che tipo fosse tuo padre... in realtà, sì, *lo so*. Era un debole. Non voglio fare lo stronzo, Tommy, ma è la verità. Vuoi sapere cosa succederebbe a Taylor se Cheyenne venisse uccisa? Darei a quella bambina ancora più amore, abbastanza da sopperire alla mancanza di Che. Continuerei a fare di tutto per proteggerla. Le direi ogni giorno quanto le voglio bene e quanto gliene voleva sua madre. Non farei mai niente, *niente*, che le possa fare del male. E *se* per qualche ragione faccio qualcosa di stupido, i suoi sei zii, cinque in California e uno dall'altra parte del paese, si farebbero avanti per prendersi cura di lei. Mi prenderebbero a calci e si assicurerebbero che la tratti al meglio." Dude si fermò per un istante, poi chiese: "Capisci?"

Tommy annuì e abbassò la testa, cercando di trattenere le lacrime.

Allora Abe prese la parola, ignorando lo sforzo del ragazzo nel tentare di non piangere. Tommy gliene fu immensamente grato.

"Poi ci sono Alabama, Brinique e Davisa. È il momento che tu conosca la loro storia, campione. Lo so che conosci già qualche dettaglio, ma devi sapere la storia per intero. Alabama non sarà contenta che te l'ho raccontata... non perché si vergogna di quello che è successo, ma perché pensa che sei ancora troppo piccolo. Ma *io* so che puoi affrontare queste cose, visto cosa hai passato. *Vorrei* davvero che tu fossi troppo piccolo. Vorrei che non avessi altri problemi nella vita se non scegliere quale gioco avere per Natale, o cosa ordinare al fast food domani mentre torniamo a casa. Ma non è più così. Se non vuoi saperlo, se pensi di non potere sopportarlo... dimmelo adesso e non scenderò nello specifico."

Tommy guardò gli uomini intorno a lui. Si schiarì la gola, respingendo giù la matassa nera. Significava molto, per lui, che Abe lo trattasse come un adulto, con la stessa durezza. Probabilmente non se lo meritava, dopo quello che aveva fatto poco prima, Tommy sapeva che Abe gli avrebbe raccontato qualcosa di terribile. Ma non poteva tirarsi indietro, avrebbe spiegato cosa era successo ad Alabama in cucina. Doveva conoscere i dettagli.

"Me la sento," disse piano Tommy ad Abe.

Senza indugiare oltre, Abe iniziò. "Brinique e Davisa vivevano con loro madre che era una tossico-dipendente... come tuo padre. Le vostre storie sono tanto simili da essere quasi inquietanti. L'unica differenza è che non penso che nessuna di loro due sia mai stata amata. Non hanno mai conosciuto loro padre e loro madre le trattava male. Impararono presto che potevano solo contare l'una sull'altra."

"Gli uomini hanno iniziato a toccarle sotto i vestiti e loro madre non faceva niente per fermarli.

Brinique difendeva la sorella, come una bambina di quattro anni può fare. Per fortuna, la polizia ha scoperto cosa stava succedendo ed è intervenuta. Non hanno più rivisto loro madre da quel giorno... E non penso che a loro dispiaccia. Non si sono mai sentite amate da quella donna."

"Le hanno solo... toccate?" chiese Tommy sotto-voce. Brinique gli aveva parlato degli uomini cattivi la settimana prima, ma lui voleva saperne di più.

"No, pensiamo di no. Ma è difficile farsi dire cosa è successo da bambini così piccoli. Tuttavia il dottore pensa che nessuno si sia spinto oltre."

Tommy si sentiva un nodo stretto in gola. Sapeva che Brinique era stata toccata, ma si sentì sollevato nell'apprendere che non era successo altro. Non augu-rava a nessuno quello che era capitato a lui. A nessuno. Tommy annuì.

"Allora... Alabama. Mia moglie è cresciuta in una casa dove ogni giorno veniva sminuita e trattata da schifo. Nemmeno lei ha mai conosciuto suo padre. Sua madre la chiudeva nell'armadio, così da non averla tra i piedi durante le feste che dava in casa. La lasciava mangiare solo ogni tanto. In più, la picchiava. Le dava calci e schiaffi. Ogni volta che apriva bocca, veniva picchiata."

"Ma è riuscita ad andarsene ed è stata adottata, giusto?" chiese Tommy.

"No."

"No? Non capisco."

"Quando aveva dodici anni, sua mamma l'ha colpita con una padella. Era talmente malmessa che fu coinvolta la polizia e lei fu messa in un orfanotrofio. Proprio come te. Eccetto che nessuno la voleva prendere. Crescendo imparò a tenere la bocca chiusa, anche dopo essere andata via dalle violenze della madre, è rimasta una persona silenziosa. Non provava a stringere amicizia e viveva rimanendo ai margini, guardando gli altri." Abe si fermò, cercando lo sguardo di Tommy.

Tommy ricambiò lo sguardo dell'uomo che era stato tanto onesto con lui, che lo stava trattando come suo pari. Non voleva rivangare l'accaduto, ma doveva. "Cosa ho detto oggi? Che cosa le è capitato?"

Abe si lasciò andare nella sedia e sospirando guardò verso l'oceano. "Quando aveva circa due anni, sua mamma la chiudeva nell'armadio e le urlava contro. Alabama batteva sulle ante, pregando di lasciarla uscire perché era affamata e spaventata, ma sua madre continuava ad urlare. Ripeteva sempre le stesse parole, tanto da radicarle nella sua psiche. Più o meno come succede con il tuo nome. Quando qualcuno lo pronuncia, tu reagisci. Capito?"

Tommy annuì. Pensava di sapere quali fossero le

parole di cui parlava Abe, ma tenne la bocca chiusa, sentendosi male per quello che aveva fatto.

"Quando abbiano iniziato a vederci, mi ha raccontato quello che le era successo. Mi ha fatto molta pena, ma non avevo compreso completamente. Poi ho commesso uno sbaglio, un enorme sbaglio. Tanto grande che ringrazio il cielo ogni giorno per aver avuto un'altra possibilità."

"Cosa hai fatto?" sibilò Tommy.

Abe si inclinò verso il ragazzo, si appoggiò i gomiti sulle ginocchia e lo guardò dritto negli occhi. Le parole che gli disse furono piatte e piene di dolore. "Le ho detto di stare zitta."

Quelle parole echeggiarono nella notte. Tommy rimase senza fiato in gola.

"Quando lei aveva più bisogno di me, le ho detto di stare zitta. Aveva bisogno del mio supporto e del mio amore, ma non le ho dato retta e le ho detto di stare zitta mentre cercava di spiegarmi cosa era successo. Quelle parole hanno riportato a galla tutto il dolore che aveva subito nella sua infanzia. Era come se fossi sua mamma e le stessi dicendo di nuovo di stare zitta. L'ho quasi persa, campione. Ci è voluto molto tempo per riguadagnarmi la sua fiducia, per farla aprire fino a concedermi una seconda possibilità. Non sono sicuro se me lo meritavo, ma grazie a Dio mi ha perdonato."

"Quella parola, come ti ho detto, la fa sentire come se fosse di nuovo una bambina. Indifesa e spaventata a morte. Quando sente pronunciare quella parola, Alabama risente sulla sua pelle tutte le volte che sua mamma la picchiata, tutti i pugni, tutti i calci. È *per questo* che non le piace quella parola e ti ha chiesto di non dirla.

"Per quanto ne so, averle urlato quella parola le ha fatto tornare alla mente troppi ricordi. Sta facendo grandi progressi. È stata in terapia, non ha problemi a parlare e adora chiacchierare con gli amici. Ma ultimamente è stressata, perché vuole che tu ti senta al sicuro. Alabama vuole proteggerti e assicurarsi che non ti succeda più niente di brutto. Oggi è stato troppo per lei."

"Non volevo ferirla," sussurrò Tommy con gli occhi pieni di lacrime e il labbro tremolante.

"Lo so. Proprio come non volevo ferirla io quando le ho detto quelle cose, anni fa. Ma non vuol dire che quelle parole non le abbiano fatto male," disse Abe pragmaticamente.

Senza aggiungere una parola, Tommy si alzò in piedi e corse verso la porta scorrevole. Armeggiò per qualche istante con il chiavistello e la spalancò.

"Tommy, aspetta!" ordinò Abe.

Il ragazzo lo ignorò ed entrò di corsa in casa. Arrivò inciampando in salotto, dove puntò Alabama e le corse incontro. Lei era seduta sul divano con Taylor che dormiva tra le sue braccia.

Tommy si inginocchiò di fronte alla donna e le affondò il viso in grembo. Le strinse le gambe in un abbraccio e mugugnò: "Scusa! Non volevo! Lo giuro. Non lo farò mai più! Te lo prometto!"

Il corpo del ragazzo tremava tra i singhiozzi, le lacrime gli bagnavano il viso.

"Ma che cavolo...!" disse Alabama perplessa. Gli altri uomini avevano seguito Abe nella stanza e Dude afferrò la figlia dalle braccia di Alabama.

Alabama posò i palmi sulla schiena di Tommy e lo accarezzò. "Shhh, va tutto bene, Tommy. Va tutto bene. Calmati. Respira."

Alabama guardò confusa il marito. "Cosa sta succedendo?"

"Gli ho detto perché le sue parole ti hanno fatto così male."

"Oh Christopher..." disse Alabama dispiaciuta.

"Lo so che non volevi, ma doveva saperlo," disse Abe alla moglie. "Uno, perché dovevo proteggerti. Non voglio che le dica di nuovo. E due, perché deve rendersi conto che tra tutti noi, *tu* sei quella che meglio può capire quello che gli è capitato."

Tommy continuava a piangere con la testa sul grembo di Alabama.

"Forza, portiamolo in camera sua," disse Abe,

mettendo la mano sotto il gomito della moglie per aiutarla ad alzarsi.

Lei si alzò in piedi ma Tommy non la lasciò andare. Alabama si abbassò e lo sollevò. Il ragazzo non oppose resistenza e saltò tra le braccia della donna. Lei barcollò leggermente sotto il peso di Tommy, ma Abe era lì per tenerla e aiutarla a reggerlo.

Tommy mise di soppiatto le braccia intorno al collo di Alabama e affondò il viso nello spazio tra il collo e la spalla della donna. Le incrociò le caviglie intorno alla schiena e i due uscirono dalla stanza per raggiungere la camera da letto in cui stava Tommy. Brinique e Davisa seguirono i genitori, non completamente certe di cosa stava accadendo, ma volevano stare ugualmente vicino ad Abe e Alabama.

Ultimo della fila era il piccolo e brutto troll. Così, in fila indiana, la famiglia scomparve giù per il corridoio.

"Se la caveranno?" chiese piano Jessyka. Benny si avvicinò e le posò un braccio intorno alla vita.

"Sì."

"Abe gli ha raccontato tutto quello che è successo ad Alabama e alle sue figlie?" chiese Fiona.

"Sì. Doveva saperlo. Specialmente dopo quello che è successo questo pomeriggio, quando le ha detto di stare zitta," rispose Cookie a bassa voce.

"Se la caveranno," sentenziò Caroline.

"Sì, è vero," concordò Wolf.

Il gruppo si sedette con i propri bambini al fianco, ognuno di loro perso nei propri pensieri, mentre speravano che Abe e Alabama riuscissero a trovare le parole adatte per far sentire meglio Tommy. Quel ragazzo non aveva avuto una vita facile, nonostante a nessuno di loro piacesse quello che era successo quel pomeriggio, tutti sapevano che Alabama era una tipa forte ma anche piena di amore, al punto da avere già perdonato Tommy. Non rimaneva che aspettare che anche lui si aprisse a quell'amore.

CAPITOLO OTTO

TUTTI E CINQUE erano sdraiati nel grande letto matrimoniale. Tommy era tra Alabama e Abe, mentre Brinique si era rannicchiata dall'altro lato accanto ad Abe. Davisa aveva fatto lo stesso, mettendosi accanto ad Alabama. Gamjee si era messo in un angolo della stanza a guardare gli umani da lontano...

"Perché mio padre mi ha trattato così?" chiese Tommy sottovoce, evitando lo sguardo di Alabama con il capo appoggiato alla spalla della donna. Sentiva Abe contro la schiena, il suo fiato regolare gli si posava addosso. Tommy pensava che avrebbe avuto paura a dividere il letto con quell'uomo possente, ma finalmente aveva capito che Abe non gli avrebbe mai fatto del male.

"Non lo so," disse piano Alabama.

"Sai, eravamo felici! Ci voleva bene, sia a me che a

mia mamma. Non capisco come sia potuto cambiare così tanto."

"Tommy, guardami," gli ordinò Abe con cautela.

Tommy, con la mano stretta a quella di Alabama, si girò verso l'uomo. Alzò lo sguardo e vide gli occhi decisi di Abe che lo fissavano dall'alto.

"Non conosco tuo padre, ma penso che amasse sua moglie *e* anche te. Qualche volta perdere una persona cara fa brutti effetti alle persone."

Tommy annuì con consapevolezza.

"Questo non lo scusa però," disse Abe francamente. "Per niente. Non giustifico quello che ti ha fatto. Capisci?"

Tommy annuì di nuovo.

"Faccio un lavoro pericoloso. Sia io che Alabama sappiamo che ogni volta che vado a lavorare potrei non fare più ritorno."

Brinique emise un urlo e affondò il naso sulla spalla di Abe.

"Non lo dico per spaventarvi, ragazzi," si precipitò a precisare Abe. "E sono bravo in quello che faccio. Proprio come può capitare che rimanga ferito sul lavoro, può anche succedere un incidente in casa. O un incidente stradale. O qualcuno potrebbe ammalarsi. Quello che voglio dire è che la vita è preziosa. Io cerco sempre di vivere ogni giorno come se fosse l'ultimo, quindi dico tutti i giorni ad Alabama che la amo, mi assicuro che Brinique e Davisa... e ora anche *tu*, Tommy, siate al sicuro e felici. Perché la vita è un casino."

"Christopher," protestò di nuovo Alabama.

"Scusa, cara," disse Abe, sorridendo alla moglie per scusarsi. "Voglio dire che gli *imprevisti* capitano, ma quello che invece non succederà *mai*..." Abe fece una pausa.

Tommy alzò lo sguardo e scrutò la grossa mano vicino a lui. "Che cosa?"

"Se Alabama dovesse mancare, non farò mai niente che possa nuocere ai miei bambini. Sarei devastato, sicuramente. Potrei ubriacarmi un paio di notti con i miei amici, ma sono abbastanza forte da sapere che voi ragazzi stareste soffrendo tanto quanto me. So che avreste ancora più bisogno di me. Mentre se invece succedesse qualcosa a me e Alabama rimanesse da sola a prendersi cura di voi, lei farebbe esattamente la stessa cosa."

Gli occhi di Tommy andarono in cerca di quelli di Alabama: guardava il marito, come se le avesse appena donato la luna. Tommy riconobbe quello sguardo, era lo stesso che brillava negli occhi di sua madre prima che morisse.

"Per rispondere alla tua domanda, Tommy," continuò Abe, "non so perché tuo padre ha fatto quello che ha fatto, ma è stato uno stupido."

Tommy inarcò le sopracciglia sorpreso. "Non capisco."

Abe si spostò per liberare una mano e posarla sul capo di Tommy. "Aveva la parte migliore di sua moglie proprio davanti a lui, ma non riusciva a vederla."

"Dove?"

"Dentro di te, Tommy. Aveva te."

Gli occhi di Tommy si riempirono nuovamente di lacrime, che trattenne a fatica. "Mi manca. Non l'uomo spaventoso e sporco che era diventato, ma l'uomo che era prima."

"Lo so."

"Nostra mamma non ci voleva bene," disse piano Davisa vicino ad Alabama. "Perché? Cosa abbiamo fatto di male?"

"Oh dolcezza," disse Alabama rattristata. "Non è stata colpa vostra. Certe persone semplicemente non dovrebbero diventare genitori. Come mia mamma."

"Tua mamma ti trattava male come la nostra," disse Davisa. Non era una domanda.

"Sì. Ma non vuol dire che non meritassi amore. Vuoi sapere come faccio ad esserne sicura?"

"Uh-um."

"È grazie al tuo papà. A voi e agli amici che sono qui oggi. Solo perché una persona non ti vuole bene, non significa che tu non meriti amore. Vuol semplicemente dire che è l'altra persona ad avere un problema, non tu."

Davisa annuì stringendosi vicino ad Alabama.

Di colpo tutti e tre i bambini si misero a ridacchiare.

"Cosa c'è?" chiese Abe.

"Gamjee sta piangendo ma fa finta che non sia vero," spiegò Tommy.

"Il vostro amico immaginario, eh?" chiese Abe, sorridendo. "Divertente."

Poco più tardi, i bambini si addormentarono e Alabama si rivolse ad Abe: "Mi spezza il cuore."

Il SEAL grande e grosso le sorrise. "Hai detto esattamente la stessa cosa, la prima settimana in cui Brinique e Davisa erano con noi."

Alabama ricambiò con un sorriso incerto. "Ed era vero, proprio come lo è adesso. Pensi che starà bene?"

"Sì," le rispose Abe immediatamente. "È un ragazzo sveglio. Affronterà questa cosa con il nostro aiuto. La prossima settimana ha l'appuntamento con la psicologa infantile, anche lei lo aiuterà."

"Ti amo. E giusto per la cronaca... non ti è permesso di morire tanto presto."

Abe guardò la moglie con un sorriso. "Lo stesso vale per te," le sussurrò.

Si sdraiarono e si diedero un bacio impacciato, scavalcando il corpo supino di Tommy.

"Cerca di dormire un po', cara. Domani le cose andranno meglio, me lo sento."

———

Nella notte, Gamjee aveva lasciato la camera da letto ed era andato in soggiorno. Il tempo iniziava a stringere, aveva bisogno di un piano. Era una cosa estremamente delicata e Re Matuna gli aveva detto che non poteva permettersi di fallire. Tommy era destinato a compiere grandi cose in futuro e Gamjee era spaventato a morte, aveva paura di mandare tutto all'aria.

Chiuse gli occhi e dopo alcuni secondi riuscì a sentire la voce del suo re nella mente.

"Pensa che riuscirà a capire quando succederà?" chiese Gamjee.

"Penso di sì," disse Re Matuna. "Dopo stasera, ha delle buoni basi da cui partire e sa che Abe e Alabama vogliono soltanto il meglio per lui."

"Se non capirà potrebbe finire molto male," rifletté ad Gamjee.

"Ce la farà. Ho fiducia sia nel ragazzo che in te, Gamjee," disse Matuna quasi in tono di rimprovero.

"Ho paura che non abbia ancora avuto abbastanza tempo per capire e percepire il loro amore."

"Ha avuto una vita terribile, questo è innegabile,"

disse Re Matuna. "Ma è un ragazzo sveglio. Sa riconoscere una cosa buona quando la vede. Abe ha fatto la cosa giusta raccontandogli dell'altra donna e di Alabama, di Davisa e Brinique. Se non altro, farà quello che può per proteggerli. In più... ci sei tu."

Per la prima volta dopo molto tempo, Gamjee si sentì soddisfatto del suo lavoro. *Proprio così*, il piccolo Tommy aveva Gamjee con sé. Non era il più grande amico immaginario e non era quello più voluto dai bambini, ma quando era stato il momento di decidere, il piccolo Tommy lo aveva voluto con sé.

"Non la deluderò," disse Gamjee al suo re.

"Lo so che non mi deluderai," disse Matuna.

Gamjee annuì. "Sono pronto."

Nel giro di un secondo, Gamjee si ritrovò di nuovo da solo. In punta di piedi, tornò nella stanza in cui dormivano tutti gli umani e si fermò a osservare Tommy. Il ragazzino dormiva profondamente. Per la prima volta da quando era arrivato, Gamjee non aveva dovuto intervenire per fargli avere sogni sereni.

"Sogni d'oro, Tommy. I prossimi giorni saranno impegnativi," disse il troll sottovoce.

CAPITOLO NOVE

Domenica mattina la casa sulla spiaggia era tranquilla, per quanto può essere tranquilla una casa piena di persone in vacanza con i figli. Tommy era più silenzioso del solito, osservava con attenzione le coppie parlare tra di loro. Venire a conoscenza di quello che era successo a quelle donne era stata un'esperienza rivelatoria per Tommy. Aveva passato così tanto tempo a piangersi addosso per quello che gli era successo, che sapere che qualcun altro aveva passato delle cose simili lo risollevava.

E non solo ci erano passate anche loro, ma erano anche sopravvissute. Lui non augurava a nessuno quello che gli era capitato, ma vedere quanto era felice Fiona... e anche Brinique, Davisa e Alabama, era liberatorio. Gli dava la speranza di credere che anche lui un giorno sarebbe stato felice.

Il grumo scuro era ancora lì, dentro di lui, ma sembrava essere più piccolo. Non lo soffocava più, non sempre, almeno, come faceva prima.

Lungo la via verso casa, Tommy giurò di diventare un fratello migliore. Una persona migliore in generale. Il finale del film *Holes – Buchi nel deserto* gli aveva fatto capire qualcos'altro... quello che doveva succedere, sarebbe successo. Tutto succede per una ragione. Certo, all'inizio del film il ragazzo veniva arrestato per avere rubato un paio di scarpe, un crimine che non aveva commesso. Ma tutto quello che gli era successo dopo, nonostante potesse sembrare terribile, era *servito* per farlo stare meglio. Il messaggio di quel film aveva davvero colpito Tommy.

Quando arrivarono a casa, Tommy aiutò a scaricare la macchina, invece di tornare dentro sbattendo i piedi imbronciato. Ringraziò Brinique che gli aveva passato una valigia, aiutò Davisa a portare il frigo portatile in casa e quando Alabama gli chiese di annaffiare le piante lui lo fece senza protestare.

Abe aveva notato il nuovo atteggiamento di Tommy e quella sera, prima di dargli la buona notte, gli aveva detto: "Sono fiero di te, campione."

"Per cosa?"

"Per quello che stai facendo, lo apprezzo molto. Non hai idea di quanto significhi per me e Alabama."

Tommy alzò le spalle. "Ho pensato a quello che

mi hai detto questo fine settimana... mi dispiace di essermi comportato male con voi."

Abe gli mise una mano sulla spalla. "Capisco, davvero. Ma avevi una scelta e sembra che tu abbia già deciso. Non sai quanto ne sia felice. Tutto quello che fai nella vita è una scelta. Come reagisci in una situazione, cosa dici, cosa fai, quanto ti impegni. Hai tutte le ragioni per essere arrabbiato per quello che ti è successo, ma hai anche la possibilità di decidere di lasciartelo alle spalle e andare avanti con la tua vita. Vuoi sapere qual è la differenza tra successo e fallimento?"

"Qual è?" chiese Tommy sottovoce. Era passato molto tempo da quando qualcuno gli aveva detto di essere orgoglioso di lui. Lo fece sentire bene e il grumolo scuro che si era ormai stabilito nelle profondità dello stomaco si rimpicciolì quasi a scomparire. Era come se fosse passato dalle dimensioni di una palla da basket a quelle di un pisello.

"Non mollare, continua a fare la scelta giusta," gli disse Abe, strizzandogli leggermente la spalla. "Sfortunatamente, fare la scelta giusta non è sempre facile, alle volte è davvero un casino... ehm... difficile. Ma so che sei sulla buona strada." Abe lo strinse affettuosamente e andò verso la porta. Fece per uscire dalla stanza, ma prima si girò e gli disse: "Tommy, voglio che tu sappia che io e Alabama vogliamo adottarti. Vogliamo che tu faccia parte della nostra famiglia a tutti gli effetti. Non ti avremmo portato a casa nostra se non avessimo voluto tenerti. Non ci interessano i soldi che lo stato stanzia per l'adozione, infatti finiranno tutti in un conto bancario intestato a te, che potrai usare quando sarai grande. Pensavo che dovessi saperlo. Lo so che è presto e che ci vorrà un po' prima di poterti adottare ufficialmente, ma non c'è niente che vorremmo di più che accoglierti nella famiglia Powers. Ricordatelo, la prossima volta che prenderai una decisione. Noi non ti molliamo e speriamo che nemmeno tu ci mollerai."

Poi, senza dargli il tempo di rispondere, Abe chiuse la porta dietro di sé, lasciando Tommy da solo con i suoi pensieri.

Lunedì e martedì, Tommy provò con tutto se stesso a prendere decisioni migliori. Non era facile. Abe lo aveva avvertito che sarebbe stata dura, ma ci stava provando. Tommy era ancora arrabbiato per quello che gli era successo. Era ancora confuso e turbato per quello che aveva fatto suo padre, ma lo sguardo di Alabama quando lui diceva *grazie* e *per favore* lo aiutava molto a combattere la bestia che albergava dentro di lui.

Quando Abe gli dava una pacca sulla schiena e gli

diceva: "Grazie per aver guardato le bambine mentre ero al lavoro," lo faceva sentire un adulto.

In più, era davvero difficile tenere il muso con Gamjee nei paraggi. Il troll era in realtà piuttosto divertente. Si faceva scappare sempre qualche parola che avrebbe fatto infuriare Alabama, se avesse potuto sentirlo. Parlavano tutto il tempo di Stupidano, in Maine, da dove veniva il troll; Gamjee gli raccontava le più fantastiche e divertenti storie su quello che succedeva nel villaggio.

Tommy gli aveva chiesto di indicargli dove fosse Stupidano sulla mappa, ma il troll si rifiutava di dirglielo... affermando che se si fosse sparsa la voce su che posto fantastico era, tutti ci sarebbero voluti andare, rovinando la magia di Stupidano.

Gamjee gli aveva detto che non era un posto in cui gli umani potevano andare facilmente, ma Tommy sperava di poterlo comunque visitare, un giorno. Sembrava essere un posto un po' folle... gli sarebbe piaciuto vedere altri amici immaginari.

"Vorrei che tu potessi venire a scuola con me," disse una sera Tommy al troll. "Renderesti tutto molto più divertente."

"Scuola? Assolutamente no," sogghignò il troll.

"La mattina potresti guardare in tutti i cestini del pranzo, magari mangiare anche qualcosa di buono mentre la signora della mensa è distratta," lo allettò Tommy con un sorriso.

"Hmmmm, i cestini del pranzo mi tentano, ma sappiamo bene cosa succede a scuola," disse Gamjee. "Bisogna sedersi composti, non si può chiacchierare, bisogna fare matematica e leggere. Noooo grazie. Preferisco stare qui a rilassarmi mentre aspetto che torni a casa."

"Ho una domanda," disse Tommy, le gambe incrociate sul letto, gomiti sulle ginocchia e il mento appoggiato alle mani.

"Spara," disse Gamjee facendo un gesto per esortare Tommy a continuare.

"Come mai solo io, Brinique e Davisa possiamo vederti e sentirti? Sarebbe bello se anche gli altri bambini, o magari anche Abe e Alabama potessero vederti."

Gamjee annuì e disse: "La mia specie di solito non interferisce con il mondo degli umani, è più o meno una regola. Veniamo nel vostro mondo e aiutiamo i bambini per un po', ma non ci fermiamo mai a lungo e non ci mostriamo a nessuno se non all'umano che siamo venuti ad aiutare. Ho avuto un permesso speciale per farmi vedere anche da Brinique e Davisa."

"Perché?"

Sapendo di non potergli rispondere, Gamjee evitò la domanda. "In più, visto che sto cercando di guadagnarmi la possibilità di rivedere il mio amico Erasto, è più facile svolgere il mio compito se anche loro possono vedermi. Senti, sei un ragazzino speciale, volevo assicurarmi che sapessi che persone fantastiche sono Abe e Alabama. E poi il tempo è più bello qui in California che in Maine," aggiunse il troll con una risata.

Tommy lo guardò confuso. "Però perché proprio io?"

"Perché sei destinato a essere molto importante nel mondo degli umani, Tommy," gli disse con tono serio Gamjee.

"Io?" Tommy scosse la testa. "Non sono per niente importante. Tu lo sai cosa mi è successo. Sono... sporco."

Il troll mantenne lo sguardo fisso sul ragazzo. "No, non è vero. Non sei sporco, sono gli uomini che ti hanno fatto del male a essere sporchi. Non posso dirti cosa farai un giorno, come cambierai la vita delle persone in questo paese, ma devi credermi quando ti dico che è così. Sono qui per assicurarmi che tu arrivi a quel punto, per aiutarti a capire quanto sei speciale."

"Non capisco," sussurrò Tommy.

"È come nel film *Holes – Buchi nel deserto*," provò a spiegargli Gamjee. "Tutto quello che fai ha delle conseguenze. Non hai idea di cosa sarai capace di fare per qualcuno, se non soltanto diversi anni più tardi. È un po' come in fisica, per ogni azione equivale una reazione uguale e contraria," disse Gamjee.

"Uhm?" fece Tommy, corrugando la fronte confuso.

"La terza legge di Newton, hai presente?" disse il troll, impazientemente.

"Mhm, no. Non ne ho idea."

"Merda, è vero. Hai solo dieci anni. Questa la imparerai tra qualche anno. Comunque, quello che voglio dire è che tutto quello che succede oggi ha conseguenze su quello che succederà nel futuro."

Tommy annuì cautamente. "Come se per esempio mi comportassi molto male con Alabama e Abe e loro decidessero di non tenermi? Vorrebbe dire che qualcosa di bello che mi succederà in futuro, potrebbe non succedere?"

"Esattamente," disse Gamjee con uno strambo sorriso da troll.

"Quindi sei qui perché vuoi che mi comporti bene?"

Gamjee sospirò. "Non esattamente. Senti, non ha importanza, ma devi sapere che non ci sarò per sempre. Anzi, presto tornerò a Stupidano. Il mio tempo qui è quasi finito."

"Vai via? Ma... non voglio che tu te ne vada... mi

piace parlare con te," disse Tommy mettendo il broncio.

"Anche a me piace stare qui. Alabama ha un cuore d'oro e ho adorato ogni singolo pasto che ha preparato per cena, ma il mio posto è a Stupidano, proprio come il tuo posto è qui a Riverton con Alabama, Abe e le tue sorelle."

Tommy fissò Gamjee. "Le mie sorelle?"

"Sì, Brinique e Davisa."

"Non avevo pensato a loro in questo modo," disse Tommy.

"Delle fonti affidabili mi hanno riferito che invece *loro* l'hanno fatto," disse Gamjee. "Proprio oggi, Brinique si stava vantando di te. Ha detto di avere un nuovo fratello maggiore."

"Lei... cosa?"

"Già. Ha detto a un bambino della sua classe che se non la smetteva di tirarle i capelli avrebbe chiamato il fratello che l'avrebbe preso a calci."

Tommy guardò il troll stupefatto, mentre assorbiva quelle parole. "Sono il loro fratello maggiore."

"Già..." disse Gamjee allungando la parola, come se non ci fosse nulla di cui stupirsi.

"Poi sono più grande di loro, posso proteggerle, se ne hanno bisogno. Non hanno nemmeno mai avuto un fratello maggiore prima d'ora. Specialmente Brinique, ha sempre dovuto proteggere Davisa, ma non c'era nessuno a proteggere lei dalla madre e dagli uomini cattivi."

"Proprio così," disse Gamjee.

"E io ho Abe che mi protegge."

"Penso che finalmente l'hai capito," disse il troll.

Tommy si sdraiò a letto e guardò il soffitto. Aveva la mente in subbuglio per tutto quello che gli aveva detto il troll. Ma la cosa che più gli era rimasta impressa era di essere un fratello maggiore. Qualcuno aveva *bisogno* di lui.

Gli tornarono in mente le parole di Dude. Aveva detto che spettava a lui proteggere sua moglie e sua figlia, perché era più grosso e più forte di loro. Lui poteva fare lo stesso con Brinique e Davisa. Poteva proteggerle.

Per la prima volta nella sua vita, qualcosa dentro di lui andò a posto. Sin dalla morte di sua madre si sentiva perso, sprecato, come se fosse sempre da solo. Ma all'improvviso, non era più così.

Tommy si girò e guardò il troll, che in silenzio ricambiava lo sguardo. "Mi mancherai."

"Anche tu mi mancherai," gli disse Gamjee. "Ma sarai impegnato a crescere e a diventare l'uomo importante che sei destinato a diventare. Magari ci rivedremo un giorno."

Tommy annuì. "Un giorno riuscirò a venire a

Stupidano. Voglio incontrare Re Matuna e il tuo amico Erasto."

"Non vedo l'ora, giovane Tommy," gli disse Gamjee solennemente. "Sarà un onore averti con noi."

CAPITOLO DIECI

MERCOLEDÌ ERA STATA una bella giornata. Giovedì, un po' meno. A Tommy non piaceva parlare con la psicologa. Alabama gli aveva detto che non c'era niente di male a discutere di quello che gli era successo, ma tutte le volte che ne parlava, il grumolo scuro nel suo stomaco rischiava di salire su fino in gola e soffocarlo.

A scuola era stato scontroso tutto il giorno. Aveva fallito la verifica, l'aveva lasciata in bianco perché semplicemente non gli andava di farla. Aveva ignorato la maestra che lo aveva ripreso dicendogli di fare silenzio. Durante la ricreazione, aveva colpito un ragazzo sul braccio perché non voleva dargli la palla e durante tutto il tragitto per andare dalla psicologa non aveva spiccicato parola con Alabama.

La seduta non era andata così male, dopotutto. La

donna con cui doveva parlare era una brava persona, non lo costrinse a dire cose di cui Tommy non voleva parlare, ma lui era ancora titubante. Pensare a quello che gli avevano fatto, a quello che suo padre aveva *permesso* che accadesse, lo spaventava.

"Lo so che è difficile parlare di quello che ti è successo, Tommy," gli disse la dottoressa soavemente. "E forse non sarà mai facile, ma ti prometto che quello che mi dirai rimarrà tra di noi. Ti puoi fidare di me."

"Non lo dirai ad Abe o Alabama?" chiese Tommy; quella era una delle sue paure più grandi. Non *voleva* che loro sapessero cosa gli era successo esattamente. Sapeva che probabilmente avrebbero capito, ma era troppo imbarazzante. Quando li guardava negli occhi, voleva che vedessero *lui*, non quello che gli avevano fatto.

"No," lo rassicurò la dottoressa. "Spetta a te decidere cosa fargli sapere, ma a me puoi dire e chiedere tutto quello che vuoi, ti risponderò onestamente, anche se è dura da sentire."

Tommy annuì, iniziando a rispettare sempre di più la donna seduta davanti a lui. Odiava essere trattato da bambino. "Magari avrò qualcosa di cui parlare la prossima volta," ammise.

"Magari la prossima volta, allora," acconsentì la dottoressa con un sorriso.

Tommy lasciò lo studio della psicologa, non si sentiva esattamente in forma, ma il grumo scuro nello stomaco si era rimpicciolito, raggiungendo delle dimensioni più gestibili.

"Ti vuoi fermare a prendere un gelato?" gli chiese Alabama mentre lo accompagnava a casa in auto.

Tommy scosse la testa. "No, va bene così."

"Sei sicuro?"

"Sì, non sarebbe giusto se io mangiassi il gelato ma Davisa e Brinique no."

Alabama lo guardò con stupore e gli fece un grande sorriso. "È davvero premuroso da parte tua, Tommy. Sono sicura che *non sarebbero* felici di perdersi il gelato, anche se non hanno dovuto fare quello che hai fatto tu oggi. Che ne dici se andassimo tutti a cena fuori? Ancora non lo sai, ma il gelato è uno dei dolci preferiti di Christopher."

Lui le sorrise. "Sarebbe fantastico."

"Sono felice che tu sia qui, Tommy," disse Alabama.

"Anche io." Non stava mentendo; Tommy si sentiva incredibilmente fortunato ad avere avuto Abe e Alabama Powers come famiglia affidataria, e forse qualcosa di più. Non era ancora pronto a razionalizzare la possibilità di venire adottato, anche dopo che Abe glielo aveva espressamente detto, ma non se ne sarebbe di certo lamentato. Sapeva riconoscere una cosa bella, quando la vedeva.

Si fermarono nel vialetto di casa e Alabama gli disse: "Brinique e Davisa arriveranno tra poco. Caroline è andata a prenderle a scuola, dovrebbero tornare tra circa mezz'ora." Si fermò, riprese fiato e continuò. "Sono fiera di te, Tommy. Spero che non ti pesi troppo parlare con una specialista. Io lo trovo ancora molto utile, quando vado. È piacevole parlare dei propri sentimenti con qualcuno *senza* dovermi preoccupare di come reagirà. Amo Christopher con tutta me stessa, ma se gli dicessi alcune delle cose che mi passano per la testa alle volte, lui vorrebbe aiutarmi a metterle a posto... mi tratterebbe in modo diverso, ma io non voglio. Voglio che mio marito mi veda forte e capace, anche se non mi sento sempre così... capisci?"

"Sì," rispose Tommy. Capiva veramente, voleva essere normale ed essere considerato normale dagli altri, anche se dentro di sé sapeva di non esserlo. Più ci pensava, più riconosceva che Alabama aveva ragione. Era piacevole parlare con qualcuno che non lo conosceva veramente, qualcuno che non viveva con lui.

"Bene. Entriamo a mangiare qualcosa. Puoi giocare un po' nella tua stanza, mentre aspettiamo

Brinique e Davisa; quando arrivano potete andare a giocare fuori, prima di fare i compiti."

"Va bene." Tommy uscì dall'auto ed entrò in casa con Alabama. Per la prima volta dopo tanto tempo, era felice di come stava andando la sua vita.

Quaranta minuti dopo, Tommy era seduto sui gradini della porta d'ingresso a guardare le sue sorelle giocare con Gamjee. Stavano giocando a una sorta di acchiapparella; le bambine inseguivano Gamjee con le braccia rivolte verso il troll, cercando di afferrarlo. Tommy non aveva idea di come facesse quel piccolo troll sovrappeso e con le gambe corte ad essere così veloce. Né Brinique né Davisa riuscivano a prenderlo.

"Non è giusto!"

"Stai barando!"

Le loro voci squillanti risuonarono attraverso il giardino e Tommy non poté trattenere le risate sentendo quelle buffonate. Era passato molto tempo dall'ultima volta che aveva riso in quel modo, o almeno così gli sembrava.

Si alzò in piedi per andare a giocare con le sorelle, quando una macchina blu si fermò davanti a casa.

Come se il tempo avesse iniziato a scorrere al rallentatore, Tommy guardò suo padre scendere dal sedile del guidatore, lasciare la porta spalancata dietro di sé e avvicinarsi verso di lui.

Non riusciva a capire come potesse essere lì... doveva trovarsi in prigione.

Tommy indietreggiò il più in fretta possibile, inciampando e cadendo a terra.

Suo padre era davanti a lui, con le mani sui fianchi, lo fissava.

"Alzati, è ora di andare a casa, la tua vera casa."

Il grumo scuro nello stomaco di Tommy si gonfiò a dismisura, lasciandolo senza aria e impedendogli di parlare. Tommy scosse la testa. No, non voleva andare con quell'uomo.

Il padre che conosceva se ne era andato. L'uomo di fronte a lui era magro, molto più magro dell'ultima volta che lo aveva visto. I capelli gli cadevano sul collo flosci e unti, un nuovo tatuaggio nero gli era comparso sul braccio.

L'uomo posò una mano su Tommy, che notò la mano intrisa di sporco, con una patina nera che spuntava da sotto le unghie.

"Ho detto alzati," ripeté suo padre.

"Lascialo stare!" ordinò Brinique. Si era messa dietro di Tommy come per proteggerlo, lanciando un'occhiataccia a quell'uomo.

"Già! Lui è con noi. Non puoi averlo!"

Le parole di Davisa emozionarono Tommy, ma non c'era tempo per godersi il momento. Tommy strisciò il più lontano possibile da quell'uomo, sapeva che avrebbe macchiato i pantaloni d'erba, ma pensò che Alabama lo avrebbe perdonato, una volta venuta a conoscenza della situazione.

Invece di provare a prenderlo, suo padre fece qualcosa di inaspettato.

Si girò verso Davisa e la prese per il braccio, tirandola fino a quando la bambina non fu in punta di piedi. Lei provò a divincolarsi, ma il dolore era troppo forte e la bambina iniziò a piangere.

"Va bene. Prenderò *lei*. Conosco della gente che adorerebbe avere una passera nera."

Tommy non sapeva cosa c'entrassero gli uccelli con sua sorella, ma qualsiasi cosa fosse non poteva essere niente di buono. "Lasciala stare! Verrò con te!" Si rialzò velocemente, cercando di ingoiare il grumo scuro che aveva ormai raggiunto la gola.

Suo padre prese Brinique. Lei provò a scappare, ma non fu abbastanza veloce.

"Lascia perdere, penso che preferisco avere questi giovani esserini. Valgono ben più di te," disse, trascinando le bambine in lacrime verso la macchina. Tommy lo rincorse, tirando Davisa per la mano con tutte le forze che aveva in corpo, ma non servì a nulla, non riuscì nemmeno a rallentarlo. Il padre di Tommy spinse Brinique sui sedili anteriori e ringhiò: "Fai spazio, troia, o faccio male a tua sorella."

La piccola si affrettò a fare come le era stato ordinato.

Tommy vide lo sguardo terrorizzato della bambina e qualcosa scattò dentro di lui.

Era sua sorella, il suo compito era quello di proteggerla. Forse quell'uomo, che era un tempo stato suo padre, era più grande e più forte di Tommy, ma non poteva permettere che le sue sorelle passassero quello che aveva passato lui.

Mentre Davisa e Brinique erano schiacciate l'una all'altra sul sedile del passeggero, Tommy aprì la portiera posteriore e saltò dentro il più in fretta possibile. Se suo padre pensava di poter prendere Davisa e Brinique senza di lui, si sbagliava di grosso.

"Aspettami!"

Tommy si girò prima di chiudere la portiera e vide Gamjee correre verso la macchina, non lo aveva mai visto muoversi così velocemente. Gli tenne la porta aperta, nonostante l'auto avesse già iniziato a muoversi. Con un salto, il troll balzò nella macchina, entrando poco prima che la portiera si chiudesse alle sue spalle, sfrecciando poi lontano dalla proprietà dei Powers.

Il padre di Tommy rideva istericamente. "Ho recuperato tre vacche da soldi invece che una. È andata fottutamente bene!"

"Hai detto una pa-parolaccia," sussurrò Davisa dal

sedile anteriore, accalcata alla sorella. Erano chiuse in un abbraccio e tremavano di paura.

Tommy pensò velocemente. Negli ultimi giorni, Abe gli aveva raccontato qualche aneddoto di quello che era capitato a lui e alla sua squadra, sul lavoro. Inclusa quella volta in cui erano in minoranza numerica e non potevano cavarsela usando la forza. Avevano dovuto usare la testa e togliersi dai guai con le parole. Tommy non aveva armi e l'uomo che un tempo era stato suo padre era più grande e più forte di lui. Doveva riuscire a batterlo con la testa.

Non sapeva se ce l'avrebbe fatta, ma doveva fare qualcosa per aiutare le sorelle, altrimenti non se lo sarebbe mai perdonato. Si trovavano nei guai a causa del suo padre naturale. Spettava a Tommy proteggerle, avrebbe fatto tutto il necessario per assicurarsi che suo padre non facesse loro del male.

Gamjee, che poteva leggergli nella mente, gli disse: "Sii furbo, Tommy. Fai con calma, per ora loro sono al sicuro."

Annuendo, ma senza guardare verso la creatura, Tommy si sporse in avanti e disse, mentendo spudoratamente: "Era ora che venissi a prendermi, papà. Ti stavo aspettando."

L'uomo guardò il figlio nello specchietto retrovisore e corrugò la fronte. "Non è quello che mi è stato detto. In realtà sembravi piuttosto a tuo agio a poltrire in giardino come se non avessi di meglio da fare."

"Non potevo dire che non volevo stare con loro," protestò Tommy. "Non è andata bene con le altre famiglie a cui l'ho detto. Inoltre, tu eri in prigione. Ma sapevo che saresti venuto a prendermi non appena avresti potuto. Siamo una squadra... giusto?" Dentro di sé, Tommy trasalì a pronunciare quelle parole. Suo padre glielo diceva da quando aveva iniziato a fare andare gli uomini cattivi nella sua stanza. Quando apriva la porta della camera da letto, Tommy sapeva già cosa sarebbe successo. Suo padre, con davanti un piccolo gruzzoletto di denaro, lo guardava e gli diceva: "Siamo una squadra, Tommy. Tu fai la tua parte e io faccio la mia." Poi chiudeva la porta e lo lasciava da solo con un uomo.

Un largo sorriso si aprì sul viso del padre, che mostrò i denti, un tempo bianchi e curati, diventati scuri e spezzati. "Esatto, ragazzo. Una squadra."

"Hai davvero bisogno di loro?" si spinse a chiedere Tommy.

"Sono delle ragazzine piagnucolone che non sanno tenere la bocca chiusa. Lasciamole per strada al prossimo incrocio. Sono delle spione, pensavo che saremmo stati solo tu e io... padre e figlio."

Tommy trattenne il fiato mentre suo padre valutava quelle parole. Pensava di averlo convinto, ma le sue speranze furono spazzate via quando il padre gli disse: "Nah. Piuttosto le vendo. Sicuramente valgono un bel po'. Devo assolutamente lasciare la città. C'è stato qualche incidente in prigione e mi hanno fatto uscire a condizione che accettassi di fare dei lavori socialmente utili. Che idioti.Il mio stupido avvocato mi ha detto il nome dei tuoi genitori adottivi quando ho firmato le carte per rinunciare alla tua custodia. È stato piuttosto semplice rintracciarli. Sono andato via senza guardarmi indietro, scommetto che le guardie mi stanno cercando in questo momento."

Tommy pensò in fretta e provò un'altra volta a convincere il padre a lasciare andare Brinique e Davisa. "Ma la polizia le starà cercando. Loro padre è uno di quei soldati speciali."

"Cosa vuoi dire?" ringhiò il padre.

Cercò di ricordarsi come si chiamavano, ma era troppo spaventato.

Proprio quando incominciò a farsi prendere dal panico, Gamjee gli disse: "SEAL, Tommy. Sono i SEAL."

"SEAL," disse Tommy d'un fiato. "Soldati della marina."

"Mi stai prendendo per il culo?" disse. "Cazzo. Non ci voleva."

"Senti, possiamo mollarle qui all'incrocio," gli suggerì Tommy mentre la macchina rallentava.

"No. Assolutamente no. Ho bisogno di una dose. Posso venderle stasera stessa e lasciare la città. Non mi troveranno, andrà tutto bene. Nessuno sa dove sono. Mi nasconderò. Posso prendere della roba buona vendendo queste due."

Tommy, sconfitto, si lasciò andare nello schienale. Gli occhi gli si riempirono di lacrime. Aveva deluso le sorelle la prima volta in cui avevano davvero bisogno di lui.

Non voleva che suo padre vendesse le bambine, sarebbero successe loro delle cose terribili. Gli tornò in mente la storia di Fiona, anche *lei* era stata venduta. Una lacrima gli rigò il viso prima che potesse asciugarsi gli occhi.

"Sii forte," disse piano Gamjee, così che le bambine non potessero sentirlo. "Aspetta il momento giusto, arriverà. Devi avere fede."

Tommy guardò giù verso il troll seduto sul tappetino del sedile posteriore. La pancia gli sporgeva oltre la cinghia dei pantaloni e i capelli che gli ricoprivano la testa rigonfia sembravano essere più aguzzi del solito. Ma il piccolo troll era calmo, il che aiutò Tommy a mantenere anche lui la calma.

"Ho paura per loro," mimò Tommy con le labbra.

"Ma certo, sono le tue sorelle, ma proprio in questo istante Alabama è al telefono con Abe. Saranno qui prima di quanto tu possa immaginare.

Nel frattempo, devi rimanere calmo e non agire d'impulso."

Tommy annuì. Non sapeva se quello che diceva il troll era vero, ma doveva fidarsi di lui. Forse Alabama e Abe non tenevano tanto a *lui*, ma di certo tenevano a Brinique e Davisa.

Si asciugò le lacrime e fece un lungo respiro. Il grumo scuro e appiccicoso era ancora in fondo allo stomaco, almeno non lo stava soffocando, per il momento.

"Tu starai con me?" sussurrò Tommy a Gamjee.

"Ma certo."

Tommy annuì di nuovo e guardò verso le sue sorelle. Brinique lo stava fissando. Gli occhi della piccola erano pieni di lacrime e le tremava il labbro inferiore.

"Va tutto bene," le fece, scandendo le parole con le labbra. C'erano così tante cose che Tommy le avrebbe voluto dire, ma non c'era tempo, doveva lasciare che le azioni parlassero per lui. Suo padre lo aveva ferito, ma avrebbe fatto di tutto per impedirgli di ferire anche le sue sorelle.

"Alabama, calmati," disse Abe cercando di tranquillizzare la moglie. "Brinique e Davisa indossano le loro collane."

"Non se le sono tolte da quando gliele abbiamo date," annuì Alabama presa dal panico, come se Abe glielo avesse domandato. "Hai già chiamato o gli hai scritto? Le sta rintracciando?"

"Wolf è al telefono con lui in questo preciso istante; sì, le sta rintracciando. Noi stiamo per andare. Ho chiamato Caroline e Fiona, stanno venendo qui. Gli altri sono con i figli e per ora non li abbiamo ancora avvertiti. Aspettiamo, per il momento... ok? Potrai raccontare tutto anche a loro, una volta che i nostri figli saranno sani e salvi."

"Ok. Dobbiamo trovare qualcosa da dare a Tommy in modo che possa essere localizzato, non penso che vorrà indossare una collana."

"Lo faremo. Sono sicuro che Tex riuscirà a trovare qualcosa."

"Come cavolo ha fatto il padre di Tommy a uscire di prigione?" chiese Alabama irritata.

"Non lo so, ma per ora non ha importanza."

"Sì, hai ragione, scusami. So che devi andare, ma Christopher... fai attenzione."

"Cara, non ti devi preoccupare. Lo so che sei spaventata, ma ti assicuro che quel cazzo di tossico perdigiorno, padre di *nostro* figlio, non riuscirà a farla franca, qualsiasi cosa si sia messo in testa di fare. Chiaro?"

Lei accennò un sorriso e per una volta non lo rimproverò per il suo linguaggio. "Beh, se la metti *così...*"

"Sarò di ritorno con i nostri figli prima che te ne possa accorgere. Devo andare. La squadra è pronta a partire. Ti amo."

"Ti amo anch'io."

"A dopo."

"Ciao, Christopher."

Non appena Abe riagganciò il telefono, si girò verso i compagni di squadra. "Se quel criminale ha torto anche solo un capello ai miei figli, lo faccio fuori."

"E noi te lo lasceremo fare. Forza, Tex ci ha mandato la posizione sui telefoni. Andiamo a riprenderci i tuoi figli," disse Wolf, mantenendo la calma.

Un osservatore esterno avrebbe potuto pensare che l'amico non stesse affrontando la situazione con l'urgenza necessaria. Ma non Abe: lui aveva visto lo sguardo glaciale negli occhi del collega. Poteva sembrare rilassato, ma non lo era affatto. Nessuno si prendeva gioco di uno della squadra. Nessuno.

CAPITOLO UNDICI

Tommy camminava in tondo cercando di farsi venire un'idea. Suo padre si era fermato davanti a una casa che Tommy non aveva mai visto prima di allora. Aveva trascinato le bambine fuori dalla macchina, senza lasciar loro il tempo di reagire. Le aveva portate in una camera da letto all'interno della casa e aveva spinto Tommy dentro con loro, chiudendo la porta e dando un giro di chiave.

Tommy non sapeva esattamente quando aveva iniziato a considerare Brinique e Davisa sue sorelle; si fermò a osservarle per un istante. Le loro guance scure erano rigate di lacrime e sembravano estremamente spaventate, ma tutto sommato stavano bene. Suo padre non aveva fatto loro del male, che in quel momento era la cosa più importante.

Si sentì un suono stridulo e le teste dei tre bambini si voltarono verso la finestra. Tommy, furioso con se stesso per non averla notata prima, corse incontro alla finestra. Spinse il più forte possibile, ma riuscì solo ad aprirla di qualche centimetro... non abbastanza per far uscire lui o le sue sorelle. Stava per chiamare Brinique per farsi aiutare a spingere, quando vide il motivo per cui non si poteva aprire più di così: erano stati piantati dei chiodi nell'infisso in legno per impedire alla finestra di aprirsi completamente.

Erano in trappola.

Gamjee mise la testa nella stretta apertura, spaventando a morte Tommy. Il ragazzo si allontanò dalla finestra e fissò il troll.

"È un po' stretto ma penso di potercela fare," disse Gamjee a Tommy.

"Non credo," disse Tommy, guardando la piccola fessura e ricordando quanto fosse grossa la pancia del troll.

"Ce la farò," dichiarò Gamjee ostinatamente. "Stai a vedere!" Il troll si spinse contro la finestra, iniziando a esalare dei grugniti di fatica.

Oltre che a una rumorosa scoreggia mentre cercava di passare, non successe nulla. "Beh, sembrava potesse funzionare," borbottò accigliato Gamjee, sfilando il collo dalla finestra.

Un istante dopo il troll era sul letto alle spalle dei bambini, imbronciato.

Tommy si voltò verso la finestra e poi indietro verso il letto su cui si trovava il troll. Lo fissò e chiese confuso: "Come ci sei arrivato lì?"

"Non ha importanza," disse Gamjee. "Quello che conta adesso è tirarvi fuori da qui. Ascolta, Tommy. Tuo padre ha..."

"Non è mio padre," lo interruppe Tommy con forza. "Forse lo è stato una volta, ma non voglio avere niente a che fare con una persona che rapisce bambini, incluso il suo stesso figlio, con l'intenzione di venderli."

"Ok, allora come vuoi che lo chiami? Qual è il suo nome?" chiese con calma Gamjee.

"Non voglio più usare il suo vero nome, mai più! Lo chiameremo... Herman. Sembra il nome di una persona cattiva, vero?" chiese Tommy.

"Sì, andrà bene. Ok, Herman è andato via per andare a prendere delle persone e portarle qui. Non abbiamo molto tempo," disse il troll. "Come possiamo farvi uscire di qui, ragazzi?"

"Dalla finestra non se ne parla," disse Tommy. "L'hanno inchiodata e romperla farebbe troppo rumore." Poi andò alla porta e provò a girare il pomello, che rimase immobile nella sua mano. "Chiusa."

"C'è qualcosa che possiamo fare per sfondarla?" chiese Brinique, aprendo bocca per la prima volta.

"Buona idea," disse Tommy. "Dammi una mano a cercare qualcosa." Tommy pensava che se le bambine fossero state occupate con qualcosa, magari sarebbero state meno spaventate. Sembrava funzionare *con lui*.

Guardarono sotto il letto, nell'armadio e nelle scatole che erano sparpagliate per la stanza. L'unica cosa che trovarono furono degli abiti logori e maleodoranti, un nido con dei cuccioli di topo e dei piatti rotti.

"E adesso?" chiese Davisa, i suoi occhi si stavano di nuovo riempiendo di lacrime. "Ho paura. Voglio andare a casa."

Tommy si morse il labbro. Anche lui era spaventato, ma era il più grande, doveva proteggere le sue sorelle. "Dobbiamo provarci," dichiarò. "Siamo in tre..."

Gamjee si schiarì sonoramente la gola.

"Scusa, tre umani e un troll. Quando Herman torna, abbiamo bisogno di una distrazione." Tommy sospirò, non gli piaceva quello che stava per dire, ma sapeva che era l'unica cosa possibile. "Gli parlerò di mia mamma. Forse questo lo prenderà alla sprovvista e voi potrete scappare."

"E come farai *tu* a scappare?" gli chiese Brinique preoccupata.

Tommy la guardò negli occhi. "Voi potrete andare a cercare aiuto."

"Non è giusto," protestò lei.

"Era *mio* padre," disse Tommy digrignando i denti. "Non il vostro. In più, voi siete le mie sorelle, spetta a me prendermi cura di voi."

Tommy ignorò lo sguardo incredulo sul viso della sorella e si voltò verso Gamjee. "Lo so che hai detto che solo noi possiamo vederti, ma magari puoi tirargli qualcosa tra i piedi per farlo inciampare? Io poi gli salto addosso così che Brinique e Davisa hanno più tempo per scappare."

"E se dovesse tornare insieme ad altre persone?" chiese Gamjee scandendo le parole. "Come faremo?"

Tommy sentì il grumo nero crescere nello stomaco. Non se ne era accorto fino a quel momento, l'unica cosa che aveva in mente era l'uomo che un tempo era stato suo padre. L'arrivo di più persone significava più uomini che avrebbero potuto fermare le sorelle mentre cercavano di scappare.

Tommy scosse violentemente la testa. "No, non importa." Si girò verso le bambine e aggiunse: "Non appena si apre la porta, voi due scappate. Dovete riuscire ad arrivare fuori, qualsiasi cosa succeda. Capito?"

"E se ti fanno del male?"

"Non importa. Dovete scappare e chiamare aiuto, e tu non lasciare mai la mano di Davisa," ordinò a Brinique. "Farò tutto il possibile per aiutarvi, ma dovete promettermi che non vi fermerete."

"Te lo promettiamo, Tommy," disse sottovoce Davisa. Poi si avvicinò al ragazzo e lo abbracciò stretto. "Troveremo aiuto. Non ti lasceremo a lungo qui da solo."

A quel gesto, il grumo scuro dentro il ragazzo si fece più piccolo. Tommy mise le braccia intorno al corpo magro di Davisa e ricambiò l'abbraccio.

"Bene. Ora... Gamjee." Tommy si girò verso il letto, ma era vuoto. "Dove è finito adesso?"

Si misero a cercare nuovamente nella stanza, ma non c'era nessuna traccia del troll. Brinique chiese anche ai topolini se lo avevano visto, ma non ottenne risposta.

"Chi se ne frega," disse Tommy deciso, triste che Gamjee li avesse abbandonati in un momento come quello.

"È un troll. Un frutto della nostra immaginazione. Non ci avrebbe comunque potuto aiutare. Brinique, prendi questi piatti. Se è necessario, tirali agli uomini cattivi. Davisa, te non prendere niente, il tuo unico compito è di tenere stretta la mano di Brinique. Ok?"

"Va bene Tommy."

Tommy prese un piatto e una scodella e impilò il resto dei piatti vicino alla porta, in caso servissero.

"Ora aspettiamo."

Le bambine annuirono e i tre si sedettero sul bordo del letto, rimanendo in ascolto per sentire quando l'uomo che Tommy aveva soprannominato Herman sarebbe tornato.

———

Wolf, Abe, Cookie, Mozart, Dude e Benny circondarono la casa indicata senza farsi sentire. Si trovava in una zona poco raccomandabile del centro di San Diego. Una zona in cui di certo non si vedevano turisti o vacanzieri in crociera. Le case erano fatiscenti e l'erba dei giardini sembrava essere morta da un pezzo. Le poche macchine per la strada erano modelli di almeno dieci anni prima e tutto quello che avevano di valore era stato portato via da tempo, per essere poi rivenduto. I due puntini lampeggianti sull'applicazione dei telefoni li avevano condotti a una delle peggiori case della via. Nel vialetto c'erano i resti di due automobili mangiate dalla ruggine e l'erba arrivava fino alle ginocchia. Il cemento del marciapiede e del vialetto d'ingresso era pieno di spaccature. La casa doveva essere stata di un giallo brillante, ma con il tempo la vernice si era seccata e si scrostava dai muri dell'abitazione. La casa era stata trascurata e doveva essere dichiarata inagibile.

Abe digrignò i denti. I suoi bambini erano dentro quell'inferno, non voleva fare altro che sfondare la porta e salvarli. Subito.

Sapendo che Abe era al limite, ma sapendo anche che non avrebbe accettato di potere fare parte della squadra di irruzione, Wolf lo aveva messo in coppia con Dude. Sapevano tutti che Dude era il più letale, quando c'erano di mezzo dei bambini in pericolo di vita. Avendo rischiato di perdere sua figlia, e successivamente sua moglie, era diventato ultra protettivo e si irritava facilmente quando una donna o un bambino erano in pericolo.

Abe e Dude avrebbero fatto breccia dalla porta principale. Nello stesso momento, Benny e Mozart sarebbero entrati dal retro. Wolf e Cookie si sarebbero occupati della strada davanti casa, per assicurarsi che nessuno potesse scappare dalle finestre e per coprire Abe e Dude.

C'erano tre macchine parcheggiate alla rinfusa intorno alla casa, quando arrivarono, inclusa la stessa macchina su cui Alabama aveva visto quell'idiota del padre naturale di Tommy sfrecciare via, prima di chiamare rinforzi. La macchina del padre di Tommy era la più vicina alla casa, dietro c'erano altre due macchine parcheggiate.

Abe si rifiutava di pensare a cosa potesse succedere in quella casa, a tre piccoli e indifesi bambini, o da quanto tempo erano intrappolati lì dentro.

Fece un segno a Wolf, che ricambiò con un cenno della testa. Era arrivato il momento. Il momento di riprendersi i suoi figli. Guai a chi si fosse messo sulla sua strada.

CAPITOLO DODICI

TOMMY, Brinique e Davisa udirono la porta d'ingresso sbattere e si alzarono in piedi.

"Ci siamo. Vi ricordate cosa dovete fare, vero?" chiese Tommy, sperando che la sua voce apparisse più decisa di quanto sembrava a lui.

"Sì. Gli lanciamo queste cose addosso e scappiamo, poi andiamo a cercare aiuto e torniamo a prenderti," disse Brinique con voce tremula.

"Esatto. Bene, funzionerà." disse Tommy, cercando di rimanere positivo. "So che funzionerà."

Non appena Tommy finì di parlare, si aprì la porta; un uomo a loro sconosciuto si palesò davanti ai bambini. Indossava un paio di jeans sudici, delle scarpe da ginnastica e una maglietta grigia macchiata. Aveva un aspetto spaventoso: aveva il viso butterato, i capelli oleosi e in disperato bisogno di una lavata, i denti completamente anneriti.

"Sì cazzo! Queste si che valgono due centoni," disse l'uomo, mettendosi una mano sull'inguine e aggiustandosi vistosamente il pacco. Si girò verso l'altra stanza e disse: "Voglio entrambe le bambine."

"Col cazzo!" si lamentò un'altra voce. "Non puoi averle entrambe, cazzo. Voglio essere il primo con almeno una delle due."

"Non me ne frega un cazzo di cosa fate voi. Io voglio il ragazzo," biascicò una terza voce.

L'uomo che aveva aperto la porta della camera indietreggiò nell'altra stanza, lasciando la porta aperta.

"An-andiamo," bisbigliò Tommy. Sapeva esattamente quello di cui gli uomini stavano discutendo, non avrebbe permesso che allungassero le loro mani sporche su Brinique e Davisa.

I tre camminarono in punta di piedi fino all'ingresso, si guardarono intorno e videro i due uomini discutere su chi avrebbe dato il primo "assaggio" alle bambine. Il terzo uomo li guardava in disparte, passandosi un largo coltello tra i denti. Erano tutti e tre alti e magri, anche se sembravano piuttosto pallidi e malandati; erano più grossi di Tommy... probabilmente anche più forti.

Il padre di Tommy li stava ignorando, armeggiava

con un pezzo di gomma cercando di legarselo intorno al braccio. Tommy l'aveva visto farlo in precedenza, dopo il laccio si sarebbe fatto un'iniezione nel braccio con della roba che scaldava dentro un cucchiaio.

I bambini si mossero lentamente verso la porta, ma non appena fecero per uscire, l'uomo con il coltello disse con nonchalance: "Le vostre fiche preziose stanno per scappare."

Gli altri due uomini si girarono di scatto, puntando dritto ai tre bambini.

"Cazzo. Prendeteli!" urlò uno degli uomini.

Tommy spinse Brinique e Davisa verso la porta, gridando: "*Andate!*" poi tirò la scodella che aveva in mano all'uomo più vicino alle due sorelle, riuscendo in qualche modo a colpirlo in testa.

L'uomo si fermò e si portò una mano alla fronte sanguinante. "Pezzo di merda! Mi hai fatto *male!*"

L'altro uomo che stava discutendo con il primo riuscì quasi ad afferrare il braccio di Davisa, ma Brinique impugnò i pezzi di piatti rotti che aveva con sé e li conficcò con tutte le sue forze nel petto di quell'uomo.

Sorpreso dalla reazione della bambina, l'uomo si fermò a fissare costernato il petto sanguinante, dando abbastanza tempo alle bambine per spalancare la porta e correre via.

"Non farle scappare!"

I due uomini rincorsero Brinique e Davisa, ma Tommy non fece in tempo a reagire che l'uomo con il coltello *e* il padre del ragazzo si avvicinarono a lui.

Tommy tirò loro i due pezzi di porcellana da quattro soldi che gli rimanevano in mano, ma gli uomini li evitarono senza difficoltà. I piatti si infransero contro la parete della piccola stanza.

"Sapevo che stavi mentendo quando dicevi di essere una squadra, piccolo ingrato," disse soffiando il padre. "Sei sempre stato un buono a nulla."

"Tu e mamma dicevate che ero bravo in *tutto*," ribatté velocemente Tommy.

"Mentivo," disse lui accigliato.

"Ne ho avuto abbastanza," ringhiò l'altro uomo. "Il tuo culo mi appartiene, ragazzo." L'uomo reggeva il coltello davanti a Tommy. Fece un passo in avanti, ma improvvisamente si arrestò.

Gamjee comparve dal nulla di fronte a Tommy.

Aveva l'aspetto di un antico vichingo. I suoi artigli erano grandi come tronchi d'albero e reggeva un'enorme mazza che maneggiava minacciosamente. Non era completamente umano, ma non aveva nemmeno l'aspetto del troll che Tommy aveva incontrato la prima volta. Alto e fiero, Gamjee si ergeva tra Tommy e l'uomo con il coltello.

"Ma che *cazzo*?" sibilò l'uomo, incredulo a cosa gli si era palesato di fronte agli occhi.

Tommy non era sicuro che l'uomo potesse vedere Gamjee, ma quelle parole gli diedero la conferma. Anche il ragazzo voleva rimanere ad ammirare Gamjee, che aveva l'aspetto maestoso di uno dei supereroi dei fumetti che leggeva Tommy, ma invece si spostò di lato.

"Rimani dove sei, Tommy," ordinò Gamjee con una voce profonda, che non aveva mai usato prima di allora. "Ci penso io."

Tommy si bloccò, spaventato a morte, ma sbalordito dal troll che aveva sempre considerato un po' strambo.

In quel momento però, non c'era niente di strambo nel troll. Nessuna battuta sul cibo o commenti divertiti sulla sua taglia o sul suo odore.

"Sbudella quello scherzo della natura, Deke," ordinò il padre di Tommy con distacco.

L'uomo affondò la lama in direzione di Gamjee, ma il coltello si fermò a mezz'aria, proprio come era successo quando Tommy aveva cercato di tirare un calcio al troll. Il tipo provò di nuovo, ottenendo lo stesso risultato.

"Ma che cazzo?" disse di nuovo quell'uomo, spostando lo sguardo dal coltello che impugnava su Gamjee. "Al diavolo!"

Tommy spalancò gli occhi, l'uomo stava estraendo una pistola.

"No, non fargli male!" urlò Tommy.

Ma era troppo tardi. L'uomo svuotò il caricatore al ragazzino di fronte a sé e all'enorme troll che gli era balzato davanti.

———

"Si sta aprendo la porta," disse Dude, quando la porta d'ingresso si spalancò poco prima di fare irruzione. Due piccole figure si lanciarono fuori dalla casa e saltarono dritte tra le braccia di Abe. Lui le afferrò e girò immediatamente la schiena verso l'abitazione, in modo da tenere le bambine al sicuro.

Dietro di loro, due uomini le rincorrevano. Il primo fu messo immediatamente a terra da Dude con un forte pugno alla gola.

Il secondo inciampò sul corpo dell'altro uomo, cadendo privo di sensi ai suoi piedi. Poi da terra l'uomo guardò in su e vide Dude vestito di nero, chiaramente inalberato, e scappò nella direzione opposta. Iniziò a correre, ma Dude non si scomodò ad inseguirlo, sapeva che i suoi compagni non l'avrebbero lasciato scappare.

Abe guardò Wolf e Cookie sparare all'uomo e ferirlo, fermandolo ancora prima che potesse arrivare alla casa vicina.

Dude si fermò un istante per assicurarsi che Abe,

Brinique e Davisa fossero al sicuro. Abe gli fece un cenno con il capo e gli indicò la porta dell'abitazione. Fu dura per Abe constatare che Tommy non era con le bambine, quella operazione non era ancora giunta al termine.

Abe si rannicchiò a terra e raccomandò alle figlie di fare lo stesso. "State qui," disse loro con voce ferma. "Qui, *non* vi muovete. Intesi?"

Le bambine annuirono, i loro occhi brillavano contrastando le tonalità scure del viso.

Abe, cercando di mantenere la calma, disse loro: "Voglio uccidere gli uomini che vi hanno portato via da me." "Ora siete al sicuro. Siete state bravissime. Adesso devo andare a prendere vostro fratello, ok?"

"Sì, ok," disse Brinique con voce tremante, le piccole mani della bambina spingevano contro l'addome del padre. "Noi stiamo bene. Vai a prendere Tommy."

Proprio quando Abe si sollevò e fece segno a Dude che era pronto a continuare, degli spari arrivarono dall'interno della casa.

Dude non esitò oltre. I due si spartirono i punti d'azione e fecero irruzione nell'abitazione. Indice sul grilletto, erano pronti ad abbattere il nemico che minacciava la loro famiglia allargata della SEAL.

CAPITOLO TREDICI

Tommy rimase a bocca aperta quando i proiettili rimbalzarono sul corpo dell'enorme troll, finendo sul pavimento ai suoi piedi. Uno colpì il muro e bucò il cemento. Tommy era immobile dietro lo scudo di carne che lo proteggeva.

"*Ma che cazzo?*" gridò di nuovo l'uomo, guardando incredulo l'arma che reggeva in mano.

"Fermo!"

"Posa l'arma!"

"Faccia a terra!"

"Mani in alto!"

Le voci dei quattro uomini tuonarono all'unisono e Tommy si bloccò. Gamjee si tolse di mezzo; in un secondo, da enorme supereroe tornò a essere il brutto troll che Tommy conosceva tanto bene.

Prima che Tommy potesse dire qualcosa, o anche

solo capire cosa stesse succedendo, Abe arrivò di fronte a lui.

"Stai bene? Sei ferito? Sei stato colpito?" La voce dell'uomo era brusca e severa, ma premurosa.

"Sto bene!"

Abe appoggiò le mani sulle spalle del ragazzo, lo sollevò e lo spostò dietro di sé, in modo da coprire la stanza con la schiena. Tommy sentì le mani di Abe afferrarlo, poi fu di nuovo sollevato e d'un tratto si ritrovò tra le braccia dell'uomo, stretto contro il petto.

"Grazie al cielo! Quando ho sentito gli spari... *cazzo*." Abe non concluse la frase.

Tommy sentiva il cuore dell'uomo battere velocemente nel torace e i suoi respiri affannati scaldargli la pelle. Mise le braccia intorno al collo di Abe e affondò la testa accanto alla larga spalla.

Tommy non avrebbe mai immaginato che Abe potesse preoccuparsi tanto per *lui*. Un pensiero gli attraversò all'improvviso la mente, sollevò la testa e chiese: "Brinique e Davisa?"

"Stanno bene," disse Abe senza mollare la presa.

"Perché non sei con loro?" gli chiese Tommy.

Abe allentò leggermente la stretta sul ragazzo per poterlo guardare negli occhi. "Perché so che sono al sicuro. Non erano in questa casa durante gli spari, c'eri *tu*."

"Ma loro sono tue figlie, io no," disse Tommy sottovoce.

"Cazzo se lo sei," ribatté immediatamente Abe, mettendo le grandi mani intorno al viso di Tommy e tenendolo fermo in modo che lo guardasse dritto negli occhi. "Pensi che non sappia che sei stato tu a dire alle bambine di correre? Pensi che non sappia che le hai protette dall'uomo che doveva proteggere te per il resto della *tua* vita? Pensi di non essere mio figlio, dopo tutto quello che è successo oggi? Campione, era da molto tempo che non mi spaventavo come poco fa. Non era per Brinique e Davisa, era perché tu eri qui dentro. Ero preoccupato per *te*."

Abe fece un lungo respiro, era chiaro che stesse cercando di controllarsi. "Non provare a dire a tua madre che ho detto cazzo, tanto lo negherò. Non sto facendo un buon lavoro, ma ci sto provando *davvero* a evitare le parolacce." Tommy cercò di sorridere, ma uscì qualcosa di più simile a una smorfia che a un sorriso. Abe prese di nuovo fiato e gli chiese dolcemente: "Sei sicuro di stare bene? Non sei stato colpito?"

Tommy scosse la testa. "No, Gamjee mi ha salvato."

Chiaramente Abe non gli credeva e si limitò ad annuire. "Campione, non mi importa se pensi che il tuo amico immaginario era qui con te oggi. In realtà, non mi importa nemmeno se scende polvere fatata dal cielo. Sono solo felice che siete tutti salvi e che quell'uomo aveva una pessima mira."

Tommy distolse lo sguardo e vide Gamjee fissarli da lontano. Il troll gli fece l'occhiolino e incrociò le braccia al petto. Tommy pensò che assomigliasse molto ad Abe e ai suoi amici, che spesso facevano la stessa cosa.

Abe si alzò tenendo Tommy in braccio, e senza sprecare altro tempo si girò e si lasciò alle spalle la casa fatiscente. I compagni di squadra erano rimasti dentro ad occuparsi dei tossici nell'abitazione, Cookie e Wolf avevano preso gli altri due uomini. Le sirene della polizia squillavano in lontananza, Wolf aveva avvertito le autorità poco prima di arrivare sul posto. Abe non prestò attenzione alle sirene e si limitò a lasciare andare Tommy e aprire le braccia verso le figlie.

Brinique e Davisa gli corsero incontro, saltandogli addosso e facendogli quasi perdere l'equilibrio. Abe le prese in braccio, una per parte, e tutti e quattro raggiunsero il SUV di Wolf. Abe aprì la portiera posteriore e fece sedere le figlie. Tommy saltò su e si sedette accanto ad Abe. L'uomo estrasse il telefono, premette il contatto "Casa" e attese.

"Pronto? Christopher?"

"Sì. Sono con me, stanno bene."

"Anche Tommy?" chiese Alabama.

"Sì, anche Tommy," rispose Abe.

Brinique e Davisa iniziarono a chiacchierare con la madre, mentre Tommy sentì il grumolo scuro, il grumolo che aveva continuato a espandersi sin da quando suo padre era diventato una persona a lui ormai irriconoscibile, svanire. Semplicemente scomparve, senza lasciare tracce. Non ne era rimasto nemmeno un granello.

Alabama aveva chiesto specificatamente di *lui*, non solo delle figlie.

Tommy si era ormai dimenticato come ci si sentiva a essere desiderati, a essere amati.

Anche se Tommy era con Abe e Alabama solo da poco tempo, sapeva riconoscere una cosa buona, quando la vedeva. Aveva già provato quella sensazione in passato, e una parte di lui sapeva che sua madre lo guardava soddisfatta dall'aldilà.

Sentì qualcosa sui piedi, Tommy abbassò lo sguardo per controllare. Era Gamjee, rannicchiato a terra, aveva afferrato i pantaloni del ragazzo. Tommy scese dall'auto e si inginocchiò vicino al troll.

"Grazie."

"Prego."

"Sono sicuro che Alabama ha preparato la torta più grande che tua abbia mai visto. Mi assicurerò che tu ne abbia una fetta," disse Tommy al troll, iniziando a pensare che il troll era miglior amico che avesse mai avuto.

"È tempo che io vada," disse Gamjee senza giri di parole. "Il mio lavoro qui è finito."

Brinique e Davisa saltarono giù dal SUV e si piegarono accanto al piccolo troll.

"No, non vogliamo che tu te ne vada!" disse Davisa con le lacrime agli occhi, ancora agitata per quanto accaduto.

"Per favore, non andare," lo pregò Brinique.

Tommy guardò il troll e le bambine accanto a lui. Si sentiva bene, ancora scosso, ma bene. Si sentiva anche diverso.

All'improvviso, sapeva cosa doveva fare nella vita. Voleva proteggere gli altri dalle persone cattive, come quelle che avevano rapito lui e le sorelle. Sapeva di volere fare quello che facevano Abe e i suoi amici, ma non da militare.

Non sapeva ancora come esattamente, ma lo avrebbe capito.

"Grazie," disse di nuovo a Gamjee. "Un giorno riuscirò a venire a Stupidano, in Maine. Incontrerò Re Matuna e il tuo amico Erasto. Mi siederò a mangiare con voi e vi parlerò della mia vita e di tutte le belle cose che sarò riuscito a fare. Te lo prometto."

"Ti credo, Tommy. So che lo farai, perché il mio re mi ha mostrato il futuro. Ci incontreremo di nuovo."

Tommy si alzò e abbracciò Brinique, che continuava a piangere per la partenza del troll. "Andrà tutto bene, sorellina. Ha delle cose da fare e altre persone da aiutare. In più, sono sicuro che possiamo convincere mamma a prenderci un cucciolo, quando torniamo a casa. Vero, papà?"

Tommy intravide una lacrima bagnare gli occhi di Abe, che lui asciugò immediatamente senza farsi notare. "Penso che se ne possiamo discutere... figliolo."

———

Qualche ora più tardi, dopo aver mangiato hamburger e patatine per cena, guardato *La Sirenetta* per provare a far tornare tutto alla normalità e aver parlato con gli amici, rassicurandoli sulla situazione, dopo che anche la polizia aveva contattato la famiglia e assicurato tutti che il padre di Tommy era stato arrestato e che non gli sarebbe stato permesso di scappare un'altra volta, dopo aver parlato con Tex, per trovare un oggetto in grado di contenere un dispositivo di tracciamento anche per Tommy, e dopo che i bambini erano andati a letto, Alabama e Abe si erano sdraiati a letto, avvinghiati l'uno all'altra, completamente nudi.

Nessuno dei due disse una parola, erano immobili nel silenzio più totale. Abe fece scorrere la mano sulla schiena di Alabama giù fino al sedere. L'accarezzò più volte lungo il corpo. Alabama fece lo stesso, tastando il corpo del marito.

Poi Abe la fece girare sulla schiena. La palpò e scese giù lungo i fianchi, baciandole il corpo per dimostrarle quanto l'amava. Posizionandosi tra le gambe della donna, Abe le infilò una mano sotto il sedere, in modo da poterla leccare più agevolmente.

Alabama si contorse e inarcò la schiena mentre Abe la divorava, facendola esplodere di piacere due volte, prima di riemergere in superficie. Poi Abe mise la punta del pene dentro di lei e posizionò le mani ai lati della testa di Alabama. La fissò negli occhi, e lentamente, molto lentamente, lo infilò dentro fino in fondo.

Senza dire una parola, ma parlando solamente con lo sguardo, Abe e Alabama fecero l'amore. Celebrarono il fatto che la loro famiglia era salva, il loro legame e il loro amore eterno.

Fecero l'amore dolcemente e senza pretese, fino a che entrambi, in poco tempo, arrivarono al culmine.

Sudati e soddisfatti, Alabama e Abe si addormentarono, ancora intimamente connessi come solo due amanti possono esserlo. La vita non era stata gentile con loro, ma insieme avevano imparato a superare qualsiasi difficoltà.

EPILOGO

VENTIQUATTRO ANNI dopo

Tom Powers si avvicinò a un piccolo ristorante mal tenuto ad Assinippi, in Maine. Non aveva idea se si trovasse nel posto giusto; il paese era un buco dimenticato da Dio e sembrava che nessuno ci abitasse da generazioni. Ma una voce insistente nella sua testa gli aveva continuato a ripetere di fermarsi, di accostare e di dare un'occhiata in giro.

Negli anni, aveva visitato dozzine di paesi nel Maine, in cerca del posto che tempo prima il troll aveva chiamato Stupidano, che ovviamente doveva avere un altro nome.

Nel momento in cui entrò nel locale, Tom

realizzò di trovarsi nel posto giusto. Aveva trovato il paese che cercava da anni.

Dall'esterno, il paese aveva un aspetto terribile, pieno di edifici diroccati e losche figure che si aggiravano per le strade... ma una volta entrati nel ristorante, sembrava di essere in un altro mondo.

Il bancone era splendente, i tavoli erano immacolati e luccicanti e le poltrone in pelle non avevano nemmeno uno strappo. Si respirava un'atmosfera che poteva solo essere descritta come magica, un posto in cui Tom si sentì immediatamente al sicuro e in pace.

Sì, si trovava nel posto giusto.

Indossava i suoi consueti abiti da lavoro... pantaloni neri, giacca nera, camicia bianca e cravatta grigia. In altri paesini in cui era stato, era capitato che le persone lo guardassero storto, qualche volta gli avevano chiesto se era un "Man in Black."

In quei casi, sorrideva cortesemente, era abituato a certe frecciatine, poi continuava per la sua strada.

Prese posto e gli suonò il telefono. Tom sorrise e rispose alla chiamata. "Ehi, piccola."

"Ciao, l'hai trovato questa volta?"

"In realtà sì. Penso di sì. Lo saprò tra poco. Come stanno i bambini?"

"Bene. May sente la tua mancanza. Ha già registrato tre video in cui ti racconta la sua giornata, da guardare quando tornerai a casa."

Il viso di Tom si riempì di felicità, sentendo menzionare la figlia. Aveva otto anni, ma era sveglia come una di quattordici. Lui ringraziava il cielo ogni giorno per avere dato alla luce quella bambina. La moglie di Tom aveva avuto una gravidanza complicata e il dottore li aveva messi in guardia sui rischi di nuove gravidanze; la bambina sarebbe rimasta la loro prima e unica figlia.

"E Chris?"

"Il tuo caro bimbo è in una fase di 'solo cibi verdi'. Si rifiuta di mangiare qualsiasi cosa non sia verde. Ha mangiato un sacco di fagiolini, piselli, insalata e cetrioli; ho anche usato il colorante alimentare per colorare il latte e la purea."

Sorridendo a quella notizia, Tom chiuse gli occhi e appoggiò la testa allo schienale in vinile rosso dietro di sé. Lui e Donna non avevano in programma di avere altri bambini, dopo May, ma Brinique lo aveva contattato preoccupata a morte per un bambino nel suo quartiere che faticava a trovare una famiglia adottiva. La sorella di Tom lavorava per un ente di protezione minorile, lui non poteva essere più fiero di come Brinique proteggeva quei bambini, che non avevano nessun altro a battersi per loro.

Il bambino per cui l'aveva chiamato aveva la sindrome di Down e aveva subito abusi in casa. Era in custodia allo stato, ma la dolce Brinique sapeva che se il bambino non avesse trovato in fretta una famiglia adottiva avrebbe passato il resto della sua vita in un istituto.

Così Tom e Donna erano andati a incontrare quel bambino. Il giorno stesso, avevano cominciato la procedura per prenderlo in custodia, con l'intento di adottarlo. Il padre di Tom, Abe, era esaltato all'idea che avrebbero rinominato il bambino con il nome del nonno. Tom aveva visto suo padre, il grande e grosso ex soldato SEAL della marina, prendere in braccio per la prima volta il pargolo di solo un anno e scoppiare in lacrime.

Chris aveva già quattro anni, era una peste, ma capace di vedere del buono in ogni cosa. Tom non poteva immaginarsi la sua vita senza di lui. "E tu? Come sta la mia bellissima moglie?"

"Sto bene, tesoro. Tu torni domani, vero?"

"Sì. Sono stato lontano dalla mia famiglia fin troppo a lungo."

"Beh, puoi sempre dire al presidente che deve trascorrere più tempo a casa," lo punzecchiò Donna.

Tom sogghignò. "Non sono sicuro che sarebbe d'accordo."

"Sono fiera di te," gli disse Donna. "E non perché ti sei preso una pallottola al posto suo. In realtà sono

più arrabbiata che fiera per quella cosa," disse con
aria di sfida.

Tom non se la prese. Sapeva come la pensava sua
moglie di quella volta in cui aveva visto qualcuno
puntare un'arma contro il Presidente degli Stati Uniti,
che lui stava scortando come parte del suo lavoro di
agente dei servizi segreti; Tom lo aveva protetto. Il
giubbotto antiproiettile aveva fermato la pallottola
indirizzata al presidente. Tom lo avrebbe rifatto senza
nemmeno pensarci.

"Sono fiera dell'uomo che sei. Il tipo di uomo che
vede qualcuno in difficoltà e vuole aiutarlo, dalle
anziane al supermercato ai bambini con cui passi i
fine settimana al club dei ragazzi. I tuoi figli, i tuoi
nipoti, me e anche il Presidente degli Stati Uniti.
Nessuno è troppo grande o troppo piccolo per te.
Amo questo di te, e amo *te*."

"Anche io ti amo, cara. Ti dimostrerò quanto
appena torno a casa, domani."

"Ci conto. Sono andata a fare compere con tua
madre e le sue amiche oggi."

Tom rise. "Penso che sia bello che tu e mia madre
spendiate tanto tempo insieme."

"È una tipa davvero divertente e le sue amiche
sono delle peperine, scommetto che tengono i loro
mariti sull'attenti."

Tom pensò agli amici di suo padre. Wolf, Cookie,

Mozart, Dude e Benny. Non era nemmeno sicuro di ricordare ancora i loro veri nomi. Li aveva sempre chiamati con quei soprannomi, ma non si sarebbe mai dimenticato delle loro mogli. Le loro fantastiche, forti e bellissime mogli.

"Oh, Davisa e tutta la banda vengo a trovarci la prossima settimana, non te lo dimenticare. Ci sono le vacanze di primavera e ha la settimana libera."

"Non ci posso credere che si è finalmente presa una settimana libera," disse Tom. "Di solito, nei periodi in cui i suoi studenti sono in vacanza, lavora sulle lezioni o fa qualche altra cosa per la scuola."

Donna fece una risatina. "Sembra che essere ambiziosi sia un tratto di famiglia. Adora quei ragazzi delle medie. È fatta per fare l'insegnante di scienze."

"Sei pronta ad averli tutti e sei in casa? Posso sempre dir loro di prendere una stanza in hotel," le disse Tom con voce seria.

"No, va bene. Lei e Lance staranno nel seminterrato con Destiny e Jayden, visto che sono solo in due. Trinity e Malik staranno in camera con May. Prima che tu dica qualcosa, sì, lo so che ridacchiano e parlano fino a tardi tutte le notti, ma May non ha mai occasione di stare con i suoi cugini."

"Se per te va bene, va bene anche per me," le disse Tom.

"Spero che tu lo trovi," aggiunse Donna soavemente, cambiando argomento. "So che lo cerchi da molto tempo."

La donna sapeva tutto a proposito di Gamjee. Tom era sicuro di quello che aveva visto quando aveva dieci anni. Il suo troll si era trasformato in una sorta di guardia del corpo e si era messo davanti a lui, proteggendolo dai proiettili che erano rimbalzati sul corpo della creatura. Se non fosse stato per il troll, Tom sarebbe stato colpito più volte.

Tom si ricordava ancora della conversazione avuta con il troll a proposito delle scelte che doveva fare, Gamjee gli aveva detto che un giorno avrebbe fatto la differenza per le persone del suo paese. Aveva ragione. Se il presidente fosse morto, quel fatidico giorno, se lui, Tom Powers, non fosse stato lì a prendersi la pallottola indirizzata al Presidente degli Stati Uniti, nessuno poteva immaginare cosa sarebbe potuto accadere. Il vicepresidente era una macchietta e non era rispettato, né in America né all'estero. Se fosse salito al potere, le cose potevano andare molto diversamente, in economia, in politica e anche nella vita privata di Tom.

"Quando sarà il momento lo troverò," disse Tom a sua moglie, sicuro di sé. "Devo andare. Dai un bacio a bambini da parte mia. Ti chiamo stasera prima di andare a letto."

"Ok. Ti amo. A più tardi."

"Ciao, amore."

"Ciao."

Tom sollevò la testa dallo schienale e premette lo schermo del telefono. Guardò oltre il tavolo di fronte a sé e sorrise.

Seduto davanti a lui c'era il piccolo troll. Aveva lo stesso aspetto di quando lo aveva incontrato, quando Tom aveva solo dieci anni.

"Ci si rincontra," disse Tom con un sorriso, appoggiando i gomiti sul tavolo.

"Ti va di scaricare questa catapecchia e andare a mangiare per davvero?" chiese Gamjee con un sorrisetto.

"Solo se potrò parlare anche con Erasto e Re Matuna," controbatté Tom.

"Penso che si possa combinare," disse Gamjee annuendo. Poi aggiunse: "Ce ne hai impiegato di tempo per arrivare qui. Iniziavo a pensare che fossi diventato troppo in gamba per me... dopo aver salvato il presidente e tutto il resto."

"Assolutamente no. Stupidano non è un posto facile da trovare. Volevo lasciarti attendere un po'. In più, sono sicuro che sei stato molto occupato ad aiutare Babbo Natale. Non ti sono mancato affatto."

"Erasto è l'aiutante di Babbo Natale," disse

Gamjee. "Io sono un compositore onirico," disse il troll fiero di sé, gonfiando il petto.

"Buon per te," disse Tommy sinceramente. "Ricordo ancora quella settimana in cui eri con me, non ho mai più dormito così profondamente o avuto sogni tanto piacevoli."

Gamjee sorrise. Aveva un ghigno da furfante, il naso e le orecchie erano sempre appuntite; oggettivamente, il troll era brutto come al solito, ma a Tommy non importava niente. Negli anni aveva imparato che non era l'aspetto a rendere buona una persona, o a farla diventare un buon amico, ma quello che c'è in fondo al cuore, e Gamjee era uno dei migliori amici che avesse mai avuto.

"Mi dispiace che Brinique e Davisa non siano qui," disse Tommy mentre i due camminavano lungo la strada.

"Arriverà il loro momento, non ti preoccupare," gli disse Gamjee. "Ora... parlami di May e Chris. Voglio sapere tutto di loro."

Non sorpreso che il troll sapesse della sua famiglia, Tom sorrise alla creatura e seguì l'amico nel fitto strato di nebbia in fondo alla strada. Non era spaventato, niente affatto. Il troll lo aveva salvato quando Tom era solo un bambino. Si fidava ciecamente di lui.

Non vedeva l'ora di raccontare a Mary altre fiabe

sulla città chiamata Stupidano e sulle magiche creature che la popolavano.

Libro 13, *Proteggere Dakota* Ora disponibili !

Also by Susan Stoker

Armi e Amori
Proteggere Caroline
Proteggere Alabama
Proteggere Fiona
Il Matrimonio di Caroline
Proteggere Summer
Proteggere Cheyenne
Proteggere Jessyka
Proteggere Julie
Proteggere Melody
Proteggere il Futuro
Proteggere Kiera
Proteggere i figli di Alabama
Proteggere Dakota

Delta Force Heroes
Salvare Rayne
Salvare Emily
Salvare Harley
Il Matrimonio di Emily
Salvare Kassie
Salvare Bryn
Salvare Casey

Salvare Sadie

Salvare Wendy

Salvare Mary

Salvare Macie

Salvare Annie (Feb 2022)

Forze Speciali alle Hawaii

Trovare Elodie

Trovare Lexie (10 Aug 2021)

Trovare Kenna (19 Oct 2021)

Trovare Monica

Trovare Carly

Trovare Ashlyn

Trovare Jodelle

Mercenari di Montagna

Difendere Allye

Difendere Chloe

Difendere Morgan

Difendere Harlow

Difendere Everly

Difendere Zara

Difendere Raven

Ace Security

Il riscatto di Grace

Il riscatto di Alexis
Il riscatto di Bailey
Il riscatto di Felicity
Il riscatto di Sarah

In inglese:
Delta Force Heroes Series
Rescuing Rayne
Rescuing Aimee (novella)
Rescuing Emily
Rescuing Harley
Marrying Emily (novella)
Rescuing Kassie
Rescuing Bryn
Rescuing Casey
Rescuing Sadie (novella)
Rescuing Wendy
Rescuing Mary
Rescuing Macie (novella)
Rescuing Annie (Feb 2022)

Delta Team Two Series
Shielding Gillian
Shielding Kinley
Shielding Aspen
Shielding Jayme (novella)

Shielding Riley
Shielding Devyn
Shielding Ember (Sep 2021)
Shielding Sierra (Jan 2022)

Eagle Point Search & Rescue

Searching for Lilly (Mar 2022)
Searching for Bristol (Jun 2022)
Searching for Elsie (Nov 2022)
Searching for Caryn (TBA)
Searching for Finley (TBA)
Searching for Heather (TBA)
Searching for Khloe (TBA)

Badge of Honor: Texas Heroes Series

Justice for Mackenzie
Justice for Mickie
Justice for Corrie
Justice for Laine (novella)
Shelter for Elizabeth
Justice for Boone
Shelter for Adeline
Shelter for Sophie
Justice for Erin
Justice for Milena
Shelter for Blythe
Justice for Hope

Shelter for Quinn
Shelter for Koren
Shelter for Penelope

SEAL of Protection: Legacy Series

Securing Caite
Securing Brenae (novella)
Securing Sidney
Securing Piper
Securing Zoey
Securing Avery
Securing Kalee
Securing Jane

SEAL Team Hawaii Series

Finding Elodie
Finding Lexie (Aug 2021)
Finding Kenna (Oct 2021)
Finding Monica (May 2022)
Finding Carly (TBA)
Finding Ashlyn (TBA)
Finding Jodelle (TBA)

Ace Security Series

Claiming Grace
Claiming Alexis
Claiming Bailey

Claiming Felicity
Claiming Sarah

Mountain Mercenaries Series

Defending Allye
Defending Chloe
Defending Morgan
Defending Harlow
Defending Everly
Defending Zara
Defending Raven

Silverstone Series

Trusting Skylar
Trusting Taylor
Trusting Molly
Trusting Cassidy (Nov 2021)

SEAL of Protection Series

Protecting Caroline
Protecting Alabama
Protecting Fiona
Marrying Caroline (novella)
Protecting Summer
Protecting Cheyenne
Protecting Jessyka
Protecting Julie (novella)

Protecting Melody
Protecting the Future
Protecting Kiera (novella)
Protecting Alabama's Kids (novella)
Protecting Dakota

BIOGRAFIA

L'autrice best seller del *New York Times*, *USA Today*, e *Wall Street Journal*, Susan Stoker ha un cuore grande come lo stato del Texas, dove vive, ma questa tipica ragazza americana ha trascorso gli ultimi quattordici anni vivendo nel Missouri, in California, in Colorado, e nell'Indiana. È sposata con un ex militare dell'esercito, che ora la segue in tutto il Paese.

Ha debuttato con la sua prima serie nel 2014, seguita dalla serie SEAL of Protection, che ha consolidato il suo amore per la scrittura, e la creazione di storie in cui i lettori possono perdersi.

Se ti è piaciuto questo libro, o qualsiasi libro, per favore considera di lasciare una recensione. Gli autori lo apprezzano più di quanto tu possa immaginare.

www.stokeraces.com
susan@stokeraces.com